集英社文庫

あの娘《こ》は英語がしゃべれない!

安藤優子

集英社版

プロローグ

クリントン大統領へのインタビューを終えて、すぐさまワシントンＤＣの空港から東京に帰るために飛行機に飛び乗った。直行便を待つと次の日のニュース番組に間に合わないので、デトロイトで乗りつぐ便にした。

アメリカの大統領に直接質問をぶつけるという実に希有《けう》なチャンスを与えられ、わずか二十分あまりのインタビューにもかかわらず、私はそうとうに興奮していた。

ホワイトハウスでの取材場所となったルーズベルトルーム。間接照明が重厚な家具や調度品をほんのりとつつみこむ。大統領の座る椅子《いす》の後ろには星条旗、スターズ＆ストライプスが。さらにその陰にはどっしりとしたマホガニーの扉がある。私たちは、カメラの配置や照明器具の具合を神経質なほどに確かめながら、今か今かとそのマホガニーの扉が開くのを待った。クリントン大統領はそこから現れることになっていた。

十分、二十分。指定された時間が刻々と過ぎてしまう。「もうインタビューに応じてもらえる時間などないのでは……」とほぼ絶望的になったころ、唐突にその扉は開いて、まぎれもない大統領自身がスタスタと歩み寄ってきた。その快活さ。

さっと目の前に差し出された大統領の大きな、しかしながら意外なほどに繊細な感じのする手を、握りかえす前に、ボーッと見とれてしまった。完全にあがっている。

私は鉄のような心臓でニュース番組をやっていると思われているらしいが、これが自慢できるほどの「あがり性」なのだ。普段はそういうところをできるだけ見せないようにしているので、よけいに冷静に思われてしまう。クリントン大統領を目の前にした瞬間に、完璧《かんぺき》なまでに自分のやるべきことを忘れ、一人、天と地が逆さまになってルーズベルトルームをただよっていた。

一緒にインタビューにあたる木村太郎さんと三日もかけて練りに練った質問はカケラも浮かんでこない。真っ白になった私の横で、よどみない英語で自己紹介をする木村さんの声。そこでハッと気がつく。そうだ、「今日はインタビューの機会をありがとうございます」と感謝の言葉を続ける段取りであった。

「アー、ミスター・プレジデント、アー、サンキュー・フォー、アー、アー……」

貴重な二十分のかなりの部分を無駄にしている自分を恥じ入った。

堂々と大統領と渡りあう木村さんの貫禄《かんろく》に支えられ、質問を書いたメモの字も読めないほどの緊張のなかでインタビューを終えた。が、そんな凝縮された時間のなかで、私の頭にはなんどもあの言葉がよみがえった。

「あの娘《こ》は英語がしゃべれない！」

そうなのだ。二十年あまり前、スチュワーデスのお姉さんにそう断定された娘は、娘という年齢枠からはとうにはずれたものの、どっこいその英語を頼りに今、大統領閣下を質問攻めにしているのだよ。と、いささか現実を脚色および誇大に美化したなかで叫びつづけた。実際には、またしても「アンタの英語は何を言っているのかわからない」と糾弾されかねないようなシドロモドロの状態であった。それを救ってくれたのはクリントン大統領の人柄に他ならない。彼は、こわばりきった私から発せられる質問に、まるで「この娘の英語がわからなかったら、それは自分の理解力がないからだ」とでも言わんばかりに全身全霊をかたむけてくれた。おかげで、インタビューはいくつかのスクープを生む結果となり、予想を超える出来となった。

飛行機はデトロイトの空港に到着。私は乗りつぐ航空会社のカウンターを目指して、空港の端から端まで小走りに移動した。そのとき、ふと偶然のめぐりあわせに驚いた。私が今、大統領へのインタビューを終えた高揚感に浸りながら横切っているのは、まぎれもなく、独りぼっちの心細さから絨毯《じゅうたん》の染みと化しつつあったあの到着ロビーだったのだ。コーヒーに汚れたワンピースに身をつつみ、重たいスーツケースを引きずり、迎えの家族とも会えずに茫然《ぼうぜん》と座りつづけたロビー。自然と私の足は止まった。言いようのない感慨となつかしさがこみあげてくる。私は、鼻っ柱だけは一人前の、十六歳の無防備で我がままな娘であった。

どうしてもベイリー家のニコ（パパ）とジョイス（ママ）の声が聞きたくなった。そして、少しばかり「出世」した自分の手柄を話したい。公衆電話に進み、決して忘れることのない電話番号をプッシュした。

「イエス、ディス・イズ・ベイリー・スピーキング」（こちらはベイリーですが）

なんと、この電話を予期していたかのようにニコが受話器の向こうで答える。

「ニコ？　私、ユーコよ！」

「オー・マイ・グッドネス！」（おやまあ！）

大騒ぎのニコに意地悪を思いついた。

「ニコ？　ね、私、今空港なの。お願いだから迎えにきて！」

切羽詰まった声をしぼり出す。ニコは動転したらしくジョイスを大声で呼んでいる。

「ユーコ？」

ジョイスの声を聞いた途端、不覚にも自分の仕掛けた罠《わな》にはまって泣きだしてしまった。

私は自分の変わらぬ幼稚さに照れながら、今、大統領へのインタビューを終えて日本に帰る途中だということを機関銃よろしくしゃべりまくった。そしてこれだけは、と力をこめた。

「ほんとうにありがとう。私が今ここにこうやっていられるのは、ジョイス、あなたとニコ、そしてベイリー家のみんなのおかげです！」

あの娘《こ》は英語がしゃべれない！——目次

（この作品は一九九八年二月、集英社より刊行されました）

あの娘《こ》は英語がしゃべれない！

第1章
ベイリー家、その家族のかたち

目をつぶっていても迷うことなどなくたどり着けるはずだった。たとえ十六年という月日が経っていようとも、私の心と身体《からだ》には、たとえば犬の帰巣本能のように、ベイリー家への道筋がしっかりと記憶されているはずだった。それがどうもあやしい。

デトロイトから車で一時間。明日にでも戻ってくる決意で、毎晩のように思いだしてきたベイリー家。いつのまにやら大学を卒業し、偶然の積み重ねでテレビの仕事に首をつっこんだ。あれよ、あれよと時は過ぎ、ベイリー家はどんどん遠くなっていった。ひんぱんに書き送っていた手紙もしだいに間隔があいて、年に一度のクリスマスカードだけが、唯一お互いの近況を知る手がかりになった。

そして気がつけば十六年というとてつもなく長い時間が経っていた。そこに降ってわいたように、テレビの仕事でベイリー家を訪れる話が持ちあがった。レーガン、ブッシュ、という二代にわたる共和党政権が終わりを告げ、民主党クリントン政権が誕生した一九九二年の大統領選挙のときである。選挙戦の特別番組を担当していた私は、「普通のアメリカの家庭」の「大統領選挙事情」を取材するために、スタッフともども取材先の選択に頭を悩ませていた。そんなとき、ふと口にした留学当時の思い出話のはずみで、私のホームステイ先だったベイリー家が取材対象に決定してしまった。思いがけない再会のチャンスがめぐってきたのだ。

そしてとうとう私の乗った車は、なつかしいハートランドの町に着いた。町とは言え、街道沿いにポツリポツリとガソリンスタンドやスーパーマーケットがあるだけの、のどかな田園風景はまったく変わっていない。が、どうしてもベイリー家へと続く道の曲がり角が見つからない。行きつ戻りつ、小さな町の端から端までUターンをくりかえした。

目を皿のようにしてその曲がり角を探す。何度も記憶の糸をたどりながら、ここぞと思われる角を曲がってみるが、いっこうにその先にあるはずのベイリー家は現れない。記憶ではもっと広くて、緑がおおいかぶさるようにアーチを作っていた道。一年間、さまざまな感情とともに通り抜けた道は、果たして自分の記憶とはかけ離れていた。実際にはもっと狭く、両側には新しい家並みが迫っていた。情けないことに、最後は番地だけをたよりにベイリー家の門の前にやっとのことで行き着いた。門の脇には郵便ポスト。ほとんど毎日、このポストに日本への手紙を入れたっけ。そんな感情にひたりながら門をくぐり、玄関に続く車寄せに一歩を踏み出したそのとき、バタンと大きな音がして玄関のドアが開いた。ニコだ！　それまでは不思議なくらい冷静だった。が、ニコことミスター・ベイリー、つまり私のアメリカでの父親の姿をみとめた瞬間に、十六年の思いが火花を散らして弾《はじ》けた。猛烈な勢いで玄関めがけて走り寄る。

「ニコ！」

ニコの首にしがみつき、あたりかまわず声をあげて私は泣いた。ミセス・ベイリー、私のアメリカの母、ジョイスも、レスリーもクリスもアンディもみんないる。涙の嵐のなかで次々と抱き合い、私は長い放浪の末についに自分の故郷に帰ってきた深い安堵感《あんどかん》とぬくもりに、少々照れた面持ちでみんなと向かい合った。七歳だったアンディはもう立派すぎるほどの大人の男。抱き合ってからアンディだと気づくまでにしばらく時間がかかった。これが時の流れなのだ。

十六年の時間のなかで、ベイリー家の娘や息子たちはそれぞれ結婚し、子供が生まれ、離婚もし、また結婚したりで、さらなる血縁や親戚《しんせき》がつながり、とてつもない大家族になっていた。そのうえ元の夫や妻も変わらずベイリー家に出入りし、彼らの新しい家族までもが何かにつけて集まって来ていた。ベイリー家は、私が生活を共にしていた頃でさえ大家族だったにもかかわらず、今では数を数えるのが困難なほどに膨れあがっていた。それもこれもベイリー家というまことに変幻自在な家族のかたちあってこそなのだろう。そのときどきの状況につれていかようにも変貌《へんぼう》する、一見危ういように見えて、実はしなやかだからこそ真に強い絆《きずな》で結ばれている家族。ベイリー家に暮らした一年は、私にとってすべての人間関係を根本から考え直す土台となった。ほんとうにかけがえのない、そしてきらきらと輝く時間のすべてだった。

＊

とにかく太った。それまでは鳥ガラのように痩《や》せていて貧相で「ガラ」と友達から呼ばれていたのがまるで嘘《うそ》のよう。アメリカの生活に慣れるが早いか、私の身体はプクプクとふくらみ、まさに「アメリカ人並み」の豊満な曲線を描くまでになった。ほんとうにわずか二カ月くらいでだ。

理由は明快。三食のほかに事あるごとに間食をしていたからだ。それもポテトチップスにコーラ。パリパリ、ゴクゴク、ムシャムシャ、ゴクゴク。その繰り返し。夕食は月曜から金曜までは夜七時。一緒に暮らしている家族の誰一人として例外は許されない。きわめて簡単なものもあるけれど、決して手作りの原則をくずさない母親ジョイスの決めた食事のルールは実に厳しい。どうしても夜に出かける用事のあるときでも、必ず夕食は食卓に顔をそろえなくてはならない。出かけるのならそれから、ということになる。ま、たいがいは親の許しが出ないので、結局「まったくもう」とか言いながら皆家のどこかでくすぶっている。

とうに二十歳《はたち》を超えて、もう見てくれだけはじゅうぶんに「オッサン」の長男ジェフも例外にはならない。ベイリー家に暮らすかぎり、平日の夕食は、一番末の七歳の弟アンディと同じように定刻に食卓につかねばならない。

サンタクロースのようなヒゲを年がら年じゅうたくわえたジェフは一日の大半をガレージで過ごす。よれよれのネルシャツにやぶれたジーンズの彼は、絶命寸前の車をひきとっては修理に日がな精を出す。いったいどこをどう直しているのやら。いつまで経っても同じオンボロ車をいじくりまわしている。私が学校から帰る夕暮れ時には、決まって缶ビール片手に「今日もよく働いた」とでも言いたげな幸せな顔でガレージから出てくる。で、「ユーコ、学校どうだった?」と毎日同じことを聞く。日本にいた頃ウワサに聞いていた「ヒッピー」の外見的条件をすべて満たしているジェフに最初は異常なまでの警戒心をもっていたが、ほどなくして彼の温かい心根に触れて大好きな兄貴になった。が、最後まで不思議だったのは、彼が決して定職を持って働こうとしなかったことだ。

趣味で車を直しているだけでは食べていけない。だからときどき大工として働く。近所の家の改修工事とか、屋根の張り替えとか、下水の工事までやっていた。週末にジェフの働いている現場にお弁当を届ける役目をしていた私は、何度も丸太にカンナをかけたり、今にもすべり落ちそうな屋根にはりついて仕事にはげむ場面を見た。これまたガレージのボロ車同様、いつこの工事が終わるやらとうてい見当もつかないほどジェフの作業は遅々としている。それでもいつも彼は幸せそうだった。ときには真夏のミシガンの容赦ない太陽に半裸をさらしながら、もくもくと屋根をふき、釘《くぎ》をうちこんでいる。運転免許取りたての私が、たいそう緊張してジョイスの車を借りてお弁当を届けに姿を現すと、屋根にはいつくばったジェフは突然ドデカイ声のかぎりを尽くして「ユーコ！　オレのために命をかけて来てくれて、アリガトオー」と叫ぶのである。そして一瞬足をすべらせたかと思うと屋根から落下。ヒエーと息を呑《の》んでジェフの最悪の結果を覚悟して目をつぶると、「ユーコが命をかけて届けてくれた弁当をボクも命がけでとりに来てみました」と、エヘラエヘラ笑っている。ほんとうにヘンな奴《やっ》なのだ。が、とてつもなく明るい。そしていつもそばにいるだけで、穏やかな気持ちにさせてくれるのだ。

ジェフがなぜネクタイをしめて働きに行かないのか不思議でしょうがなかった。高校を出てから大学にも少し通った。成績も悪くなかった。と、本人いわく。でもどれも自分のやりたいことではなくて、しばらく軍隊に行った後、ベトナム戦争が終わったのをきっかけに除隊したらしい。それからは好きな車いじりと大工仕事で生活している。

私のいたベイリー家は、あえてクラス分けをするならば中流のそうとう上のクラスだ。広大な敷地には私有の湖まであり、地下には二十メートルプールまでも備えている。そのプールには飛び込み用の設備があって、一番深いところでは三メートルもある。七〇年代の日本から留学した私にとってはまさに驚天動地の世界。

父親のニコは有数の建設会社の社長。地元では知らぬ人のいない名士だ。その長男として、日本であれば後継者まちがいなし、である。ところがジェフはそんなことはおかまいなし。べつに立派な親に反発しているというふうでもない。では、親の金を当てにしてポンコツ車をいじくっているだけなのか。答えはノーだ。彼は十八歳を超えたその日から親に家賃を払っている。ベイリー家の厳格なところは食事の時間だけではない。誰でも、たとえ大学生の身分でも、十八歳を超えて家に居座るのならば、なにがしかの家賃を払わなければならない。それを両親が生活の足しにしているとは考えられないので、きっとその子のために蓄えているのだろう。が、十八になったら「アナタはもう立派な大人である。大人とは社会人であるから、学生の身分だろうが、アルバイトだろうが、親からは経済的に自立しなければならない」という断固たる方針によって、ベイリー家では大学の授業料を一時立て替えはするが、自分の稼ぎを得るようになったら返済しなくてはならない。家賃を取るのもその一環らしい。

これには驚いた。お金に困っているわけでもないのになぜ大学の授業料を子供に払ってあげないのか。生まれてからずっと使ってきた自分の部屋にそのまま「住み続ける」だけなのになぜ家賃を払わなくてはならないのか。「ウチはお金がなかったからこの子に満足な教育をしてやれなかった」と、親が自分のふがいなさを責め、我が子の不憫《ふびん》さをさめざめと嘆くのが常のニッポンからやってきた私には、なんとも冷たいというか、水くさいベイリー家に思えた。これが「ドライ」という感覚なのかとも思った。表面的には絵に描いたような人なつっこいアメリカンファミリーなのに。

相変わらずジェフはポンコツ車に取り組み、時折大工さんになったり水道屋さんになったりして幸福そうだった。七時の夕食にも必ず姿を見せる。週末になると、私がお弁当を届けに行った。そのうち工事現場にはもう一人、濃い茶色の長い髪にグリーンの瞳《ひとみ》の女性が加わった。ジェフの恋人のジェッダだ。髪を無造作にバンダナでまとめ、大きめのジーンズのオーバーオールをいつも着ている。初めて会った瞬間にとてつもない力でムズッと抱きしめられ面喰らった。どこにも飾り気のない、でも不思議に透き通った美しさのある人だ。ほとんどしゃべらないのだけれど、なんだかずっと楽しそうに小声で歌っている。ノコギリやらカンナやらの真ん中にペッタリと膝《ひざ》をかかえて座っているだけで、べつにジェフを手伝うわけでもない。じっと働いているのを見守っている。週末のデート。状況からはそうなる。でもなんと素朴な時の過ごし方なのか。時間がその陽だまりだけ、とりわけゆったりと幸せそうに流れているように見えた。

相手があまりしゃべらないと、なぜかがぜん話しかける勇気が出てくる私である。言葉が満足につなげないくせにジェッダに話しかけた。妙なイントネーションと訛《なま》りの激しい私の英語を必死で理解しようと、ジェッダは鼻歌を止め、真剣な面持ちで耳を傾けてくれる。留学して、家族以外では初めて長い時間話をした。ノンビリとした彼女には自分の英語のつたなさを恥じたり照れたりすることなく話ができた。辛抱強い人柄で、私の言っていることがわからないと何度でも聞き直してくれた。「アッそれはコレコレこういうこと?」と、私の言わんとすることを正しい表現にしては念を押してくれるので、「なるほど。コレコレこういうふうに言えばいいのね」と、さらに私はそれを復唱して、なんだか英語の特訓を受けているようでもあった。私が正確な表現を繰り返してみせると、ジェッダはもううれしくてたまらない、といった笑顔でこたえてくれる。鼻にクシャとしわを寄せてニッと微笑《ほほえ》むのがすごくチャーミングな人だ。

私はおもいきってベイリー家について聞いた。家賃を取ったり、学費を払ってあげないなんてヒドクない?

「ノット・アト・オール!」(ぜんぜん!)

が彼女の答えだった。

「ジェフはもうボーイ(男の子)じゃないんだから家賃払うのなんてあたりまえ。それでもそこに住んでいたいのはジェフがほんとにベイリーの家族が好きだから。あの両親はジェフの生き方にアレコレ口をはさまないでしょ。きちんと家賃払って一応自立しているわけなんだから、ジェフは一人の大人として家族を構成しているだけなのよ。両親の支配下にはもうないの。それが家賃を払う意味なのよ」

フウン、であった。両親の支配下からの卒業。確かにジェフは、夕食の時間は守っているが、その後何をしようが勝手である。私たちのように家にウロウロしている必要もない。そう言えば、ベイリー家の親はまったくジェフの生き方に口を出さない。車の修理をしていようが、材木にカンナをかけていようが、「少しは父親の会社でも手伝ったらどうなの」とは言わない。日本だったら「少しは世間体とかを考えなさいな」などと、立派な会社の社長ともなればひと言ありそうなものだ。ニコもジョイスもそんなことでジェフにお説教をたれている場面にはついぞお目にかからなかった。だいたい「世間体」という言葉が英語に存在するのだろうか。ジェフは「大人になって自分で食いぶちを稼ぐ自立した家族の一人」になった。だからどう自分の生き方を決めようがそれは自由だが、ベイリー家という場所で暮らすかぎりは食事の時間くらいは守らなくてはならない。大人としての家族との距離感。わかるようでとても難しい。家賃を取ることは、その距離感をはっきりさせるためなのだろう。口を開けば親に向かって偉そうなことばかり言ってるくせに、じつは身も心もベッタリ甘えきっている自分がひどく幼稚に思えた。

工事現場での長い会話から、私とジェッダはいっぺんに大の仲良しになった。ジェッダは大変だったにちがいないが、ジェフになにかとつきまとい、彼女と会って話をするのが私の楽しみになった。

それがある日。ジェッダが七時の夕食の席にいて、私は狂喜乱舞した。なんと！　これからジェッダはジェフの部屋で暮らすという。したがって毎日ジェッダも食事には顔をそろえる。父親が茶目っけたっぷりに厳粛にその報告を皆にした。ジェッダが大好きなのは私だけではない。まだ「ベイビー」と呼ばれているアンディなどは椅子《いす》に立ちあがって浮かれている。当然母親から平手打ちをくらうほどに叱《しか》られてめげていたが、ジェッダの参加は私にとって素晴らしく心強いことだった。もうひとりベイリー家に血縁ではない人間が増える。

が、待てよ。ジェッダはジェフと結婚したわけでも婚約したわけでもない。それでもベイリー家にやって来て、ジェフと一緒に住むのだ。で、それを両親をはじめ皆ごく自然に、そして心から歓迎している。約束事はなくても家族になる。そこに来て、一緒に食卓を囲んで、テレビを見たり、ゲームしたり。掃除だって分担されるに決まっている。夜中に起きてきて、たわいない話でポテトチップスとコーラで盛りあがったりするのだ。私がこの家に着いた日の夜のように。

この家はいったいなんなのだろう。ジェッダにとって、私にとって。血もつながらない。結婚などという契約もない。それでもここは決して下宿屋ではない。家族なのだ。家族である、と断言できる根拠がわからないのだが、血縁でも地縁でもない何かがベイリー家の絆になっている。

ジェッダが加わってベイリー家の食卓はさらににぎやかになった。寡黙《かもく》な人だと思っていたが、独特のユーモアとオトボケで家族の食卓を大いに盛りあげる。特に父親のニコは彼女がずいぶんと気にいったらしく、夕食に姿が見えないと途端に機嫌が悪くなる。実の娘よりはるかに気を配るジェッダがいないと、ニコはずっとおし黙ったままだ。実の娘たちはだから、ジェッダが父親の話に熱心に耳を傾け、心から相づちをうったりしてくれるのをほんとうによろこんでいた。ジェッダは確実に家族のなかに自分の居場所を獲得しつつあった。

ジェッダにも定職がない。どういう経歴で今まで何をしていたのかも家族は知らない。たずねようともしない。ときどきアルバイトをしているらしいのだが、誰もそれがどんな仕事なのか知らない。普段はジェフがガレージで車をいじくりまわしている間、彼女がベイリー家の家事を少しばかり手伝ったりする。ジェフが大工仕事に出かけるときは必ず一緒にくっついていく。そうやって来る日も来る日もひたすら静かに、淡々と暮らしている。

ジェッダが原因不明の病気になった。何を食べても吐き、高熱が出てベッドから起き上がれない。医者の診断は風邪《かぜ》だったのだが、何日たっても良くならない。トイレに這《は》うように行っては苦しむジェッダの背中を、ベイリー家の人々は代わる代わるさすり励ました。母親のジョイスが泣きながら背中をさすっていたのが忘れられない。私のあやしげな英語能力で聞き取った言葉が胸をついた。「代わってあげたい」。そう言って大粒の涙をしたたらせながら背中をさすっていた。ほんとうの親子のようで、家族の会話と心情がそこにあった。

ジェッダの悪性の風邪が治ったのはそれから二週間もしてからだ。皆、寝不足と緊張でグッタリした頃にジェッダはもとの元気で愉快な娘にもどった。その日の食卓はことのほか幸せな気分で皆がハシャイでいた。ニコのぶぜんとした表情にも笑いがもどった。他人はどう思おうともジェッダはまぎれもなく家族になり、アンディのオチャラケも復活した。

そう、私がなぜ天井知らずに太ったか。ベイリー家の夕食には主食がないのだ。良く晴れた夏の夕食は、湖が見渡せる外の中庭で食べる。そこにはバーベキューのためのグリルがあって、だいたいステーキを焼くかハンバーガーになるか、いたって簡単な夕食になる。それを仕切るのはニコとジェフだ。ジョイスは簡単なサラダを山盛りにする。そうして父親が焼くステーキを待ちながらレモネードを飲み、なんとはない話をして湖を眺める。素晴らしくいい気分である。が、ステーキとサラダだけだと、その後おそろしくお腹がへる。ありあ余る夜の時間をやり過ごすべく子供たちは、地下のプールやビリヤード台に走り、ポテトチップスとコーラを片手に長い夜を遊ぶ。そうやってムシャムシャ、ゴクゴクが毎日の夜の定番になり、私は太った。色々な出来事が嵐のように起こったが、毎夜のポテトチップスとコーラは変わらなかった。

十六年の歳月の後。私はベイリー家を訪れた。ひとしきり声にもならない大泣きの再会をし、ふとガレージに目をやった。ジェフはどうしたのだろう。きっとジェッダと他所《よそ》に所帯をかまえたのかな。そう自分に話しかけた途端ジェフがあのジェフと同じ、ヨレたネルシャツにビールを片手に現れた。「ユーコ!」と温かな声で呼ばれて、いよいよ私の涙の袋はやぶれた。ジェフにすがりつき私は十六歳の私にもどった。「ね、ジェッダは?」と言葉にしようとした瞬間、ジェフの後ろに愛らしい子供が三人。そしてジェッダとは似ても似つかない女性がとびきりの笑顔で立っている。十六年だものね。そこには私の知らない家族があった。ジェッダがどうしているのか。ジェフは変わらずポンコツ車に取り組み、ジェッダだけが消えた。

第2章
あの娘《こ》は英語がしゃべれない！

　もうかれこれ二時間がゆうに経とうとしていた。

　引きずるようにして運んだ特大スーツケースがふたつ。ひとつはこの一世一代のアメリカ行きのために買ってもらった茶色のもの。ピカピカのケースに、さらに真新しい安全バンドがぐるぐる巻きにしてある。どう見ても頼もしい。なかにはこの夏を過ごすに当面必要な洋服や運動靴、そしてこれから家族としてお世話になる、まだ見ぬベイリー家の人々へのお土産《みやげ》がぎっしり詰まっている。なにせベイリー家は大家族である。ミスター&ミセス・ベイリーに七人の子供たち。近所に住む祖父母を入れるとなんと十一人。それに子供とはいえ、すでに成人して配偶者やら婚約者がいたりで、そういう周辺の近親者もかぞえると二十人はくだらない。留学前たった一枚送られてきたベイリー家の写真には「基本的なメンバー」のみが写っていたのだが、裏を返すと一人一人のボーイフレンドやフィアンセの名前まで加えてあって、もう何がなんだかわけわからない。

その写真を唯一の手がかりとして、私と母は一カ月以上もの長い時間をかけてお土産を選んだ。つけ届けの美学に長年支配されてきた母はとりわけ真剣に力をそそいだ。まるでお土産の善《よ》し悪《あ》しでそれからの留学生活の成否がすべて決まってしまうかのように、連日、浅草や日本橋の三越に足を運んで、日本が「世界に誇れる」が「きわめて安価」であるものを探しまくった。

結局、ミスター・ベイリーにはしぼり染めのネクタイ（写真で見るかぎりとうてい似合いそうもなかったが）。ミセス・ベイリーには藍染《あいぞ》めのエプロンを。あとはなんだったのかほとんど忘れてしまったが、一番下の七歳のアンディには子供用の浴衣《ゆかた》。昔ながらの紙風船。これは安いうえにかさばらない、と山のように持たされた。それに扇子、うちわ、千代紙でできた札入れ、はっぴ、豆しぼり、折り紙。どれをとっても「ディス・イズ・ジャパニーズ」の典型であった。そう言えば足袋《たび》もあった。合わせる着物をあげるわけでもないのに、足袋を各種サイズとりそろえて持たされた。いったいどうやってベイリー家の人々が足袋をはくのだろうか。そうそう、母特有の発想にもとづいて折り畳み傘もあった。「こういう細やかで便利なものはアメリカにはないだろうからね」と得意気にスーツケースに押し込んでいた。そんなわけで新品のスーツケースはまるごと日本民芸品博覧会のようになり、私の大事な辞書やノートのたぐいは収容先を失った。が、もうひとつスーツケースが必要だからといっても簡単に買ってくれる親でもない。親戚《しんせき》じゅうに声をかけやっとひとつ調達できた。けっこう使いこんだ伯父《おじ》のスーツケースに残りの荷物を入れ、私は特大の荷物がふたつの身重になった。

そのふたつのスーツケースを足元にしっかと置き、私はひとりで空港のロビーに座りつづけている。手にはあの一枚のベイリー家の写真。日本を発つ前の最後の手紙のやりとりでは、確かにミスター&ミセス・ベイリーが空港に迎えに行くからゲートを出たところで待っているように、と書いてあった。迷うといけないので決してそこを動くな、とも書いてあった。何度も写真と周囲の人たちを見くらべてみる。もう百ぺんは見た。が、どこにもそれらしい顔はない。五分、十分。そこまではたいそう元気でいたが、三十分、一時間となっていよいよ不安にかられる。ここはほんとうにデトロイトの空港なのだろうか。ひょっとしたら別の場所に来てしまったのか。まさか各駅停車の電車じゃあるまいし、デトロイトの手前で降りてしまったはずもない。サンフランシスコではちゃんと行き先を確かめて乗った。だからここはまぎれもなく約束のデトロイト空港のはずだ。でも私の出会うべきアメリカの家族は影も形もないのである。

ひとり。あれだけ大騒ぎをしてやってきたのに。お土産で膨らんだスーツケースがうらめしい。日本を発ってから二度目の後悔が頭をよぎった。やっぱり来るんじゃなかった。

一度目の後悔はサンフランシスコからの機中だった。

親に内緒で受けた留学試験にからくも受かったその日から、たかが十六歳の女の子が単身アメリカへ渡ることへの反対にはすさまじいものがあった。当時ベトナム戦争に敗れたばかりのアメリカからは、ヒッピーやドラッグといった、戦争に疲れ、すさみきった気分を象徴するような風俗ばかりが伝わってきていた。そんな危険で物騒なところに、なぜせっかく入ったばかりの高校を辞めて行くのだ。このまま無難に高校を卒業してそれなりの大学へでも行って「女の子としてのふつうの幸せをつかんでちょうだい」が母親の意見の基本である。アメリカはおろか外国へなど一度も出かけたことのなかった母親は、日本という国が世界で一番安心で美しく、人々は優しい、と信じて疑わない。アメリカになぞ行こうものならたちまちにして麻薬を飲まされ、ボロボロのジーンズに長髪のヒッピーに連れ去られるにちがいない。そんなところに娘を行かせることは断固としてできない。だから「留学試験に受かっちゃった。ね、お願い、アメリカ行ってもいいよね」と平身低頭おがみ倒そうとするお調子娘には一瞥《いちべつ》もくれなかった。とりつく島もないとはこのことだ。

父親は、というと、末っ子の突然のわがままと、母親の岩のごとき厳然とした態度のはざまを、ただオロオロと行ったり来たりするだけであった。

そこでただ一人、援軍にまわったのは九歳離れた姉である。彼女はかつて猛烈な留学願望にかられて試験を受けまくったが夢果たせずで、すでに「女としての幸せ」と母が説くところにしたがって結婚をしていた。自分の無念さと夢の残り香を私に託して、母を実に根気よく説得してくれた。どう言いくるめたのか今もって知らないが、母はしばらくの後、「もう、そんなに行きたいのならアメリカでもアフリカでもどこでも行っておしまい」と捨てゼリフもどきの許しを与え、私がたとえヒッピーの嫁になってもかまわない、と極端なまでに腹をくくった。

私が母を敬愛してやまないのはその極端な思いきりのよさにある。こうと決めたら後ろは見ない。よって、留学を認めたとなれば、手のひらを返したように積極的になってしまう。留学の心得を学ぶ「親子研修」では圧倒されるほどの熱心さをもってして「子を送りだす親」としての自覚を養った。そして執念をかけたお土産買いに走ったのである。

親をはじめ親戚一同を巻き込んで私の留学は実現した。大騒ぎである。ほんとうにテレビドラマのような騒ぎだった。私の背中には知らず知らずのうちに親戚一同の御旗《みはた》と、ニッポン国の代表選手のような日の丸が立てられていた。

私が留学生となったのは、交換留学制度を世話するある民間団体のシステムである。毎年、全米に日本からの留学生を斡旋《あっせん》するかたわら、アメリカからも同じ条件で留学生を受け入れる。だから、私の留学した年度にも同期の仲間が全米にいる。同期生は日本からサンフランシスコまでを共に旅をし、そこからそれぞれ寄宿先へと散っていくのだ。皆、サンフランシスコへの上陸までは意気揚々なのだが、そこから正真正銘の独り旅となる寄宿先への旅はそうとうに心細い。サンフランシスコの空港で「日本に帰るう」と泣きじゃくる同期生がずいぶんといた。

私は能天気なものだった。やっとたどり着いたアメリカ。「アメーリカ」と両の手を広げて歌いだしたいくらいの高揚した気分。泣きわめく同期を尻目にさっさとデトロイト行きの飛行機に乗りこんだ。これで夢の留学生活が始まると考えただけでも背中がムズムズする。「アメーリカ」なのである。

自分の席に陣取ってからはたと気がついた。隣にいる人もそのまた隣も、同期の日本人ではなく、アメリカ人なのだ。少なくとも日本語の通じる相手ではない。満面に笑みをたたえたやたら人なつっこそうなスチュワーデスも「英語」の人である。そう、この飛行機はアメリカの国内線。生まれて初めての独り旅は、これまた初めて尽くしなのである。

離陸からしばらくして機内サービスが始まった。先ほどの魅力的なスチュワーデスが紅茶とコーヒーのポットをわしづかみにして通路を歩いている。

「コーヒー？　それとも紅茶？」

人工的なほどに完璧《かんぺき》な笑顔を貼《は》り付けて私に聞いた。

「コーヒーをください」

そう答えた瞬間に機体が大きく横に揺れた。

「ヒャアア」

私が発した言葉はそれだけだ。揺れた拍子にスチュワーデスがかかえていたポットのコーヒーが私にふりそそいだのだ。熱いのなんのって。母が奮発してくれた、いっちょうらの真っ白いワンピースにコーヒーはどくどくと染み込んでいく。あまりの熱で、ワンピースの生地がピッタリと私の太股《ふともも》に吸いついていく。

「ヒャアアア」

私はもう一度同じ叫びをあげた。スチュワーデスももう笑顔なぞとっくに忘れおき、私の太股を凝視している。

「アー・ユー・オウケイ？」

大丈夫？　大丈夫？　と必死に私に聞く。私も熱いには熱いがこのくらい平気とばかりに、

「イエス。アイ・アム・オーライト」

と気丈に笑顔で答えた。動転しているらしいスチュワーデスに聞こえないといけないので、もう一度「大丈夫よ」と繰り返した。なんと大人の受け答えであることか。ところが彼女はその答えを聞いた途端、一目散にギャレーに駆け込みこう叫んだ。

「シー・ダズ・ノット・スピーク・イングリッシュ！」（あの娘《こ》は英語がしゃべれない！）

あの娘は英語がしゃべれない。そう断定された娘は確かにその英語を理解していた。おまけに精いっぱいの思いやりをもって「私は大丈夫」と英語で答えたではないか。それでも私は英語がしゃべれない、のか。もうすでに火傷《やけど》ではれあがってきた太股がじーんと痛む。何がなんだかわからないくやしさと情けない思いがグチャグチャに交錯する。留学を決めるについて、母が私にポツリと言った言葉がなぜか頭をよぎった。「そんな右も左もわからないような娘をひとりアメリカなぞに行かせる親の気持ちがわからない。親として無責任すぎる。そう今日ある人に言われたのよ。それでもアンタは行きたいのね」。母はとても疲れているようだった。「うん、行きたい」とそっけなく答えた自分の様子も思いだした。なんだか自分がわがままの極みであったように思えた。太股がじんじんとする。その上に置いた手にポツリポツリと涙がつたった。こらえようとするといよいよ涙のいきおいはとめどなく、ボッタリボッタリと重いしずくがしたたり落ちる。頭をかけめぐる思いはただひとつ。やっぱり、

「来るんじゃあなかった」

私のことを英語がしゃべれないと大声で断じたスチュワーデスが、炭酸水の瓶とフキンと氷をかかえてもどってきた。話しても通じない相手と決めているから、彼女は無言でコーヒーの染みを炭酸水でふきとりはじめた。なんとか染みをとろうと必死でゴシゴシとこ

する。そのたびに私の太股は悲鳴をあげる。水ぶくれとすでに化したであろう火傷が激しくこすられて痛いのなんのって。英語がまるでだめと言われたくやしさと絶望をすっかり忘れさせる痛さだ。でも私は無言で座っていた。よく考えたら、私は英語でなんと言って悲鳴をあげるのか知らないのだ。「痛い！」と単純にわめく言葉も知らず「日本の誇る山は富士山です」などと役にたちそうにもない例文ばかりをおぼえてきた自分の馬鹿さかげんにまた涙がこぼれた。

泣いている私にようやく気がついたスチュワーデスがはじめて火傷の心配をしだした。が、ワンピースをたくしあげて手当てするわけにもいかない。氷の大きなかたまりを無言で差し出すと、手振りでそれで太股を冷やせという。コーヒーの染みですっかり汚れた白いワンピースはさらに上から氷で冷やされてドロドロになった。恥ずかしいという人間的な感情をはるかに超えて、私は無言でそこに座りつづけた。人の声も聞こえない。それに反応する感情もない、ただの石のように。

そうやってたどり着いたデトロイトの空港でまた私は無言でひとり座りつづけている。ほんとうなら、真っ白いワンピースに特大の笑顔で、出迎えのアメリカの家族の広げる手のなかにとびこんで感動の対面を果たしているはずだった。練習しつくした初対面の挨拶《あいさつ》を完璧に終え、私はアメリカの父や母に肩を抱かれて家路についていたはずだった。それがどうだろう。晴れがましさの象徴であるべき白いワンピースはもはやコーヒーで煮込んだような薄汚さ。機中で流した涙で顔もうす汚れている。おまけに身動きのとれないふたつの特大荷物。そして、とにかくそこで私の身柄を引き受けてくれるはずの人がいないという状況。どれをとってもお世辞にも幸福とはいいがたい。いったい私はこれからどこへ行くべきなのか。誰にどう連絡をするべきなのか。だいいち私は英語がしゃべれない。

ぼんやりと座りつづける私のまわりには、親しい人や家族を送ったり、出迎えたりしている光景がくりかえされている。皆、身体《からだ》じゅうで嬉《うれ》しさを表現し、嘆き、抱き合い、手を振りつづける。こんなにもまっすぐに気持ちを表現する人たちの国にやってきて、ひとりしーんと暗くうつむいている自分が恥ずかしい。なんども、立ち上がってそこにいる人たちに「ねえ聞いてくださいよ。私、日本から来たんですが誰も迎えに来てくれないんですよお。それで飛行機のなかではコーヒーまでこぼされて。もうほんとうにどうなっちゃってるんでしょうねえ」と、大声で身の上話を始めたい衝動にかられた。誰でもいいから自分に少しばかり関心をしめして欲しかった。じっと見つめてきた足元にある四角い絨《じゅう》毯《たん》の染み。私がこのままここの染みになってしまっても、誰も何も気がつかないだろう。三時間は長かった。永遠の長さである。ほとんど私が絨毯の染みとなりかかったころ、やたらせわしそうにやってくる中年の男女が目にはいった。キョロキョロとあたりを見まわすその真剣さは、まぎれもなく誰かを探しているふうだ。私はもう一度写真に目をくれるまでもなく、それが私のアメリカの家族になる人たちだと瞬時に確信した。

「ミセス・ベイリー？」

そう叫ぶが早いか、私はそこにぎくりと足を止めた女性に向かって走り出した。

「ミセス・ベイリー？」

もう一度叫ぶと、身体が突進していた。なんの挨拶も言葉もかわさずに私は彼女の首にすがりつき、身体じゅうをあずけてしゃくりあげた。ずいぶんと長い時間そうやってふきだす涙にまかせて泣いた。初めて会ったジョイスはいささか面喰らった様子で、私の背中をさすりながらじっとそのままでいた。そして、

「ユーコ。ダッツ・オーライト」

と、なんども私に言い聞かせ、私が落ち着くのを辛抱強く待った。自分にむけられた優しい言葉を聞くほどに涙があふれ、身体じゅうからすべての力が抜けていった。

ミスター＆ミセス・ベイリーは、飛行機の到着時間をまったくとりちがえていたこと。死にもの狂いで家から車を飛ばして空港にやってきたこと。私があまりにも「悲惨」な服装をしていてびっくりしたこと。それらもろもろすべてを実にわかりやすい英語で私に話してくれた。私も「英語がしゃべれない」と断定された屈辱もつかのま、あらゆるかぎりの単語をならべて自分のこれまでの道中を話した。もちろん、英語がしゃべれない、と言われたことも。

ママ、ミセス・ベイリーは一言、

「レッツ・ゴー・ホーム」

そう言って、私の肩を抱いて歩きはじめた。パパ、ミスター・ベイリーは、私の異常な大きさのスーツケースを両手に、顔をゆがめながら私たちの後にしたがった。私が味わったそれまでの数々の不幸な出来事は、初対面の距離を一気に縮めてくれた。

第3章
私が私として存在するために

私がホームステイをしていたハートランドという町は、デトロイトから車で一時間。デトロイトで仕事をしている人々のベッドタウンだ。風景はあくまでも田園に近い。まちがっても「街」という概念があてはまる場所ではない。だいいち公共の交通機関がなんにもない。電車も地下鉄もバスもない。頼りは自分の足と車。もしくは友達や近所の人の車ということになる。

ベイリー家に着いたその翌日、それまでの混乱と行き違いの連続でグッタリとしている私を、ジョイスは断固とした態度でたたき起こし、夏休みまっただなかの学校へ連れていった。広大な屋敷であるベイリー家の探検すらする間もなく、ジョイスの運転する真っ白にかがやくサンダーバードのオープンカーに乗せられて学校へ向かった。なんだか「私がこのたびこの町にやってきたニッポンジン、アンドーです」とパレードでもしているような気分である。残念なことに沿道には人っ子ひとり見当たらないが。

「ね、誰も歩いたりしないの、この町の人は？」

どこまで行っても原っぱやうっそうとした森の風景に驚いてたずねる。

「そうね、こんなに暑い夏の午後に歩く人はまずいないわね。あたしだってお断りよ。だってどこへ歩いていくの？　いちばん近いスーパーだって車で十五分はかかるわね。歩いたらまず熱射病で死ぬわね」

だったらこのサンダーバードの幌《ほろ》を閉めてくれればいいのに、と言い返したかったが知っている単語では間に合いそうもなかったのでやめた。

たしかに誰も歩いていない。人がいないだけではなく、建物もない。緑濃い沿道の奥にはなんと馬がいるではないか。牧場というほどの規模ではないにしても牛の姿もある。赤いとんがり屋根の納屋まである。強烈な太陽の直撃を全身に受けながら、これはとんでもない田舎《いなか》に来てしまった、と頭がクラクラした。

留学先を選ぶにあたってはずいぶんと迷った。全米の各州に散らばっていくので、ある程度は自分の希望が言えた。まず西に行くか東に行くか。それとも中西部にするか。思いきって南部を選ぶこともできた。ずっと北、たとえばニューイングランドもわるくない。実のところまったくアメリカの事情をわかってもいなかった私は、それまで手にした先輩たちの留学記や、テレビの番組、そこから嗅《か》ぎとった漠然としたイメージだけを頼りに考えた。

まず日本人があまりいないこと。きっと私のような甘ったれは、言葉を共有できる日本人がそばにいれば、必ずや楽なほうへとなびいて群れるに決まっている。だからできるかぎり日本人がいないのが望ましい。

それから、典型的なアメリカがそこにあること。何がアメリカの典型なのかまったく知っちゃいないのに、そう願った。だいたいその頃の私の「アメリカ」は、自分が本で仕入れたおびただしいカタカナ文化がすべてである。ほんとうのところ、何をどんなふうにするのか、それが一体なんなのか全然わからないのだが、なんだかやけに魅力的なカタカナ文化の数々。

ブラインド・デート。ビクトリイ・ダンス。バナナ・スプリット。シリアル。シニアプロム。クルーズ・ドライビング。生活習慣も食べ物も遊びもすべてゴチャゴチャ。白状すれば、これらのカタカナ文字が私がアメリカに求めたもののすべてなのだ。さんぜんとアヤシイまでの光を放つ、私の日常には存在しないそれらカタカナ文字のものたちをこの手でさわって、見て、口に入れてみたい。できればそれにどっぷりと浸りきってみたい。普通のアメリカ人がやるようにそれらを自分の暮らしの一部にしてみたい。つまり、アメリカ人のようになりたかったのだ。だから、私の渇望する「アメリカ」をそのままやっていそうな土地が好もしい。どちらかというと、保守的な、普通のアメリカの町がいいと思った。

そうであれば「やっぱり中部でしょうな」というカウンセラーの意見で、ミシガン州とミネソタ州に候補はしぼられた。リスが庭先にチョロチョロするくらいの美しい環境のミネソタ州ミネアポリスは、同期の人気も高く、私よりはるかに成績のよろしそうな女の子が勝ちとった。で、私はミシガン州、デトロイト郊外のハートランドのベイリー家と決まった。送られて来た写真を見ると、ベイリー家の周りには湖までもあって、けっしてミネアポリスのリスに負けない気がした。

でもそこはもっと「タウン」、町であると勝手に思いこんでいたのだ。

サンダーバードのハンドルを指先であやつっていたジョイスが、サングラスをかけなおす。この人は子供の学校に行くのにいつもこういう格好をするのだろうか。胸も腕も惜しげなくさらすタンクトップにショートパンツ。サンダル履き。正確なところは知らないが、たぶん四十代の最後の年齢である。

大正生まれの自分の母親のショートパンツ姿は、彼女の女学校時代の黄色くなった写真で見た記憶があるだけだ。まあ、自分の母にショートパンツをはけと言っても、年齢よりは体型的に無謀である。なによりも世の中に対して無礼というものだ。その点、ジョイスは自然に見える。そんなにスタイルがいいわけではないが、生活の必然というか、オープンカーに、まるで馬にでもひらりとまたがるように乗り込み、ズイズイと走りまくるこの人には、タンクトップとショートパンツがぴったりとはまっている。それにサングラスだ（想像して欲しい。これはかれこれ二十年以上も前の話だ。日本でサングラスをかけるのは芸能人か、あるいは、どこか世をスネたか、訳あって目を隠す必要があるか、という時代である。つまり一般人ではない、やや暴論でくれば、不良の代名詞だったわけだ）。それを、一応留学生の身元引受人としての保護者が、サングラスでオープンカーを駆って学校に乗りつけるとは。とてもじゃないがこの情景を日本の母に知らせるわけにはいかない。

サンダーバードが急ハンドルを切って学校の駐車場に停《と》まった。初めて見る我がアメリカの高校に到着だ。ハートランドにある、その名もズバリ公立ハートランド高校。アスファルト塗装をした駐車場にぐるりと囲まれた建物は、平たい一階建てのそっけないたたずまい。大きいことは大きいのだが、なぜか窓がほとんどない。工場に隣接する倉庫のようで、私の「アメーリカのガッコウ」のイメージとはかけ離れていた。

建物の後ろには巨大なグラウンドとフットボール場、さらにはテニスコートが六面もある。愛想はないが文句なく広々している。そこでしばし日本の自分の高校を思いだした。

都立高校としては東大への進学率の良さと、過去に輩出した名だたるエリートたちで知られるその高校は、校舎には幾重《いくえ》にも蔦《つた》がからまり、狭い校庭の真ん中には大イチョウの木がそびえていた。カビのはえそうな（正しくは苔《こけ》むすほどに）古い弓道場や、由緒ある記念植樹の数々。どれも伝統とそれまでの栄光の重みをひたすらに今に伝えていた。そこに存在することの晴れがましさよりも、どこか自分が異質なものとしての落ち着かなさがいつも私を支配していた。どうやっても東大に行ける頭脳もないし、他の同級生のように真面目《まじめ》に将来を描く真摯《しんし》さも持ちあわせていない。脱出。絶対に自分はここから逃げ出すべきだと、入学当初から思っていた。

その伝統の重みかぐわしい高校から逃げてきた場所が目の前にある。灼《や》けるような一直線の日差しに、単純にして明快な建物がある。蔦のからまる陰影はないが、単刀直入な明日があるように見えた。

ジョイスがやおら「ハーイ」と人なつっこい声をあげて私の腕をひっぱる。向こうからは、これまた短パンにTシャツ、サングラスのいかつい男がやってくる。ジョイスにけとばされるようにその男の前に押し出され、気がつくと私は彼の腕のなか。力のあらんかぎり私を抱きしめた男は、なんとテニス部のコーチ、トッドであった。ここで私の留学生活は思いがけない一歩を踏み出す。

日本から送った自己紹介の手紙には、得意とするスポーツとして「テニス」と書いた。それしかアメリカでも通用しそうなスポーツが思い浮かばなかったからだ。たしかに、高校入学と同時にテニス部に入った。実は箏曲部《そうきょくぶ》とテニス部と両方に入部届けを出した。琴は祖母が得意とするので、いつか祖母の琴をもらい受けようといういやしい魂胆があった。テニスについてはもう少し愛らしい動機だ。あのテニスラケットを小脇にかかえて歩いてみたい。長い髪を風になびかせながらテニスラケットをかかえ、さっそうと歩く。これはいい。そうとう、いい。それで入部した。

ところが、狭いコンクリートの校庭にやっとこしらえた二面のコート。新入生は全員コートの後ろにならばされて、来る日も来る日もまたあくる日もボール拾い。ボールを拾ったらすかさず「ボール、イキマース」と大声で先輩に返球しなければならない。拾っては投げ、「ボール、イキマース」の繰り返し。なかなかラケットを手にすることができない。そのうち「ボール、イキマース」が異常なほどにマヌケに思え、何事にも忍耐に欠ける私はアッサリと退部。ときどき後輩を教えに来てくれていた憧《あこが》れの大学生の紹介で、街のテニスクラブにちゃっかり入会してしまった。その後は憧れの君の愛情あふれる個人指導のもとメキメキと腕をあげ、となるはずだったが、自分の興味と情熱のほとんどが留学に行ってしまい、テニスは「球を打ち返すことができる」だけのレベルにとどまった。が、もちろんテニスラケットをかかえて歩く夢は達成した。それも憧れの先輩と一緒にね。

ジョイスが言った。

「昨日、日本からやってきたユーコです。で、日本の学校ではテニスの選手で、ずいぶんと活躍したらしいのよ」

「イヤーそれはありがたい。ちょうどもう一人ダブルスの選手を探していたところなんだ」と、トッド。

ちょっと待ってよ。この人たちは突然頭ごしに会話をはじめ、ひと言もしゃべらせたり、同意をもとめることなく私の明日を決めようとしている。断固としてこんな暑い日々、またあの「ボール、イキマース」の世界に後戻りする気はない。だいいち私はテニス部で選手として活躍したなんて全然言ってない。ただ、できるスポーツとして「テニス」と書いただけだ。それをジョイスはさも自分がその目で私のテニスを見たかのような自信に満ちあふれた様子で売り込む。

「とにかくヨーコ、少しボールを打って見せてくれないかな」

トッドがさもうれしそうに私をコートに連れて行こうとする。

「あのね、私の名前はヨーコではなくユウコでござんす。それから私のテニスは趣味で、他人《ひと》さまと競うレベルではありません」と、言いたかったのだが、英語の文章構成を考えているうちに私はもうすでにラケットを握らされていた。それまで猛烈にボールを打ち合っていた生徒たちも興味津々に集まってきた。センターコートに一人うつむく私にジョイスは「カモーン、ユーコ！」と黄色い野次をとばす。もう、ショートパンツの不良母め。

「アンタがいい加減なことを吹聴するから私はこんな目にあうのだよ」と日本語で悪態をつく。トッドが調子にのって「僕が相手になるからね」と向こう側で素早くラケットをかまえる。こんな展開をまったく予想だにしていなかった私の格好はジーンズにポロシャツ。が、不運にもなぜかテニスシューズを履いていた。ゴムぞうりでも履いていたら「ちょっとシューズが……」とか逃げられたのに。

「カモーン、ヨーコ！」

今度はトッドだ。もうどうにでもなれ。渡されたボールを力まかせに打つ。コートのベースラインを大きくオーバーしていたが、コーチは何事もなかったかのように打ち返してきた。もう一度ボールをひっぱたく。これもアウト。それでもトッドは「ナイスショット！」と心にもないお世辞と共に返球してくれる。相手があまりにもうますぎていつ果てるともないボールの応酬がつづいた。なんどか私のボールが無残にネットにひっかかって、これ以上のラリーは不可能と、トッドがやっとコーチとしての理性を働かせた。

「オウケイ、ヨーコ、ナイストライ！」

彼のなかでは完全に「ヨーコ」としての地位を築いた私にそそがれる目は痛々しかった。ジョイスも静かに事の成り行きを見守っている。

「オウケイ。ヨーコは明日からチームに入る。乱打要員としてだ！」

トッドが大声でくだした決断に拍手が沸く。憐憫《れんびん》にも似た皆の歓声と拍手を受けながら私はうちひしがれた。こんなのイヤだ。

「明日から毎日十時に集合。練習は午後三時まで。ジーンズは動きにくいからショートパンツで来るように」。そう言い残してトッドは練習にもどった。

ジョイスが近づいて来た。「ネ、わかった？ 私テニスの選手でもなんでもないんだから。私テニスはやらないよ」と言おうとするのをさえぎって私をひしと抱きしめる。

「ユーコ、ナイストライ！」ほんとうにうれしそうなのだ。何がなんだかわからずに黙って身を硬直させている私に彼女はこう言った。

「ユーコ、ちょっとでも自分ができることは最大限に生かさなくちゃ。ね、これで明日からアナタはハートランド高校のテニス部員なのよ。私はほんとうにうれしいわ。さっ帰りましょう。今日はおじいちゃんたちも来て夕食だから」

帰りの道すがら、私はできるだけのボキャブラリーをつなぎ合わせて「実力もないのにテニス部に加わるのはイヤだ」とくりかえし訴えた。私の実力も知らないのになぜあんなふうに私をテニス部に売り込もうとしたのか、私はジョイスを責めた。彼女は相変わらずサンダーバードをぐいぐいと飛ばしながらフンフンと耳を傾け、そして言った。

「ここではね、ちょっとできることもデキマス！ と大きな声で言うのよ。さもなければ誰もそれをアナタができるなんて気がつかないでしょ。それでいいの。二〇パーセントの実力も、できると自分が言った瞬間から五〇パーセントになるの。そうしようと思うから。

それで頑張ると八〇パーセントくらいになるものよ」

どうにも理解に苦しむ話だったが、ひとつだけ私にもわかったことがある。ここではまず声をあげなければ「いない」も同然に扱われるのだ。まず存在しなければならない。ジョイスはそれを私に教えたかったのだろう。私はこの先どういう人間になるのだろうか。

第4章
アメリカかぶれでなにが悪い！

さて話は少々とんで、すっかり人間性が変わった私の、これは帰国後のできごと。

「アンドーさん、これからは何かできますか？　と他人から聞かれたら、たとえそれがアナタが大得意とするものであっても、ハイ少々は、とお答えなさいな」

日本に帰国してからの日々、なんとかアメリカにもどって大学に入りたい。そのためにはお金をためなければ、と手あたりしだいアルバイトに精を出していた私。偶然声をかけられたアルバイトのオーディションで、審査にあたったその会社の重役から冒頭のように言われた。なんでも私を採用するかしないかで審査員の意見がまっぷたつに割れ、採用を否とした人たちの共通の意見は、「あの子は見かけは日本人でも中身はアメリカ人だから、きっと団体のなかでの火種となるにちがいない」というものだったらしい。

他方、私の採用を是としたのは、イギリス人の重役や（この会社はイギリスと日本の商社との合弁会社で、英国車を売り出すためにつくられた）年長の人事担当者で、「ああいうはっきりとものを言う子がひとりくらいまざっていないと全体の元気がなくなる」と主張したという。双方の言い分はどちらにしても私にはあまり興味がなかったが、けっきょく採用となった私のこれからを案じた審査員の一人が「ハイ、少々と言いなさい」と注意してくれたのだ。

それにしてもなぜ私は「外見は日本人でも中身はアメリカ人」と断定されたのか。オーディションでの何がそう思わせたのか？　たかが高校の一年間の留学という経歴だけで、人を見る目においては海千山千の大人たちがそんなことを危惧《きぐ》するとは思えない。

「あのう、なんで私が中身がアメリカ人で、団体のなかでの火種になると判定されたのでしょうか？」

おせっかいでもなく、ほんとうにこの娘の行く末を心配している、といったふうのその審査員におそるおそる聞いてみる。

「いやー。アナタはなんでも自信満々に言うからよ。テニスは？　と聞きゃあ、ハイバッチリです、だろ。じゃ英語はどのくらい？　とたずねれば、ハイまかせてください！　でしょ。いいんだよ、率直で。でもね、なんて言うのかな、日本人としてのオクユカシサつうもんが感じられないわけだな。わかる？」

昨日までアメリカで「少しでもできることはできます！　と声をあげねばならぬ」と奮

闘してきた私には、この審査員の言わんとするところをのみこむまでにしばらく時間がかかった。

「オクユカシサ、ですか……」

「そう、日本人の美徳だわな。たとえそのことに人並み以上に長《た》けていても、自分からは言わない。他人がそう評価してくれたら、まあそれほどでも、オッホホとなるわけだ」

「…………」

「ま、採用になったからにはうまくやりなさい。くれぐれもハイ少々でいくんだよ」

茫然《ぼうぜん》とたたずむ私の肩をなれなれしくたたいてその重役は去って行った。「ハイ少々か……」とあらためて口にしてみたものの、なんだか自分を裏切っているように思えてくる。なぜ？　できることをできると堂々と言ってはいけないのか。少々しかできないことでも「できる」と胸を張るアメリカ流も考えものだと思っていたが、「できる」ことでも「あまりできない」と表現する日本もどこか変だ。大きな穴にズッポリと落ちこんだような気がした。

羽田空港に一年ぶりに帰ってきた私を待ち受けていた母は、その豹変《ひょうへん》ぶりにいたく驚いた。我が子をむかえに来たはずなのに「まったく別人が我が子として名乗りをあげてきた」という感じだったらしい。ミシガンでは、夏でも冬でも容赦なく照りつける太陽のもと、最小限の衣服でとびまわっていた娘は、髪は焼けて見事な茶髪。十キロ以上も太って破格の体格。その派手派手しい容姿をタンクトップとボロボロのジーンズでおおい、ゴムぞうりを履いて胸を張り、お尻をつきだすようにして母の前に現れた。

「ただいまー」と思いっきりアメリカ流に全身で帰還のよろこびを表現しながら母に抱きつこうとした。うれしいときでも悲しいときでもそうやって身体《からだ》ごと誰かに抱きとめてもらうのが当たり前になっていた。完全に頭も身体もアメリカモードのままの私は、あっけなく母から肩すかしをくらった。彼女は事もあろうにジリジリと後ずさりしたのだ。びっくりして顔をあげるとそこには「アンタいったいどこの誰なのさ」と冷たくうろたえる母の目があった。突然バツが悪くなった私は差しだした両の手をひっこめ、もう一度小さい声で「ただいま」と言った。

「ああ、お帰りなさい」

母の声もふだんよりもずっと小さく聞こえた。

「だいたいね、なんなのその格好は。そんな格好でよくも飛行機に乗せてもらえたわね。なんでそんな穴の開いたズボンをはいているの。それにそのアタマ。髪の毛を染めたりするようなバチあたりな不良はウチにはいないのよ。おまけに耳に穴まで開けて。せっかくご先祖さまからいただいた大切な身体に傷をつけるなんて。まったくもうやっぱりアメリカなんか行かせるんじゃあなかったわよ、ほんとうに、もう……」

家までの道中、母の小言はとどまるところを知らない。小言というよりも愚痴だ。今さらながらにやっぱり行かせるのではなかったと全霊をもって悔いている。隣に座った私の姿に目をやってはため息をつく。まるで、でき心からつい万引きをしてしまった娘を警察に引き取りに来たような嘆き方である。

「あのさ、私なんか悪いことした?」

この質問はよくなかった。実によくなかった。それまでブスブスとくすぶっていた母の感情にいっきに出口をあたえてしまった。

「いいとか悪いとかそういう問題じゃあありません! あなたに言っておいたわよね。いいえたしかに言いました。お願いだからアメリカかぶれにならないでちょうだいね! って。アンタは日本人なんだから。骨の髄までニッポンジン。なのにやっぱりアンタは半端なアメリカかぶれになってきて!」

アメリカかぶれ。なんて痛烈でひどい言い方なのだろう。それまでせっせと手紙を書いてよこしてくれた母はだんぜん私のアメリカ生活を応援してくれていると思っていた。その気持ちに少しでもこたえるためには、アメリカの生活にまんま溶けこみ、どんな些細《ささい》なアメリカでも余すことなく自分が吸収することだと思っていたのに。たかが髪が茶色になったから、肌の露出が少々おおげさになったから、耳に穴が開いているから、それで私は

「半端なアメリカかぶれ」と罵倒《ばとう》されるのか。なんだか母が遠い。私はそれからしばらくだんまりを決めこんだ。「やっぱり私はアメリカに帰ろう」。あらためて心に誓った。

今や死語に近いが、「アメリカナイズ」という言葉がある。「あの人はアメリカナイズされているから」と表現するとき、ふたつの相反する意味合いがこめられている。ひとつは、アメリカ人のようにスマートで格好がよい（つまり欧米的なものへのやや乱暴なくくり方での賛辞である）。二つ目は、まるでアメリカ人のようで合理的で冷たい。ましてや日本の風土からはどこか浮いているわね、という見方だ。アメリカかぶれは、明快に後者の意味合いがまさる。日本人としての心を売り渡してアメリカの姿かたちを手にする。そんな侮蔑《ぶべつ》が満ち満ちているように私には聞こえる。アメリカに対して日本がかかえてきた愛憎そのものではないか。

私の留学が決まった頃、母はよく「おじいちゃんが生きていたらアメリカなんてとんでもない、と一蹴《いっしゅう》されていたでしょうに」と口にした。私の父の父で、田舎《いなか》からバスケットひとつで東京にやってきて「小僧さんから今の会社を創ったそれはそれはエライひと」と耳にタコができるくらいに聞かされて育った。

私が三歳のときに死んだので、そういうエライひととしての記憶はない。いつも和服で、離れの家に正座している、こわそうなおじいさんであった。口をきいた覚えもないが、しょっちゅう紙の車の箱にはいったウイスキーボンボンチョコレートをくれた。子供だったからウイスキーボンボンチョコレートは苦いだけで、決して好きにはなれなかった。まずいものをくれた人のこともけっこう覚えているものだ。

明治生まれのおじいちゃんは新しもの好きで、テレビをまっさきに買いこんだ。が、その画面に天皇陛下が映しだされると仰天して〝畳に頭をこすりつけて敬礼した〟らしい。そういうおじいちゃんが、敗戦の屈辱をなめさせられた「敵国」アメリカに孫を勉強に行かせるはずがない、というのが母の持論であった。無謀な論理展開ではあるが、いたずらな歴史観をよせつけない迫力がある。自らも東京大空襲で親戚縁者《しんせき》を少なからず亡くしている母の心の〝アメリカ〟は、たぶん私の〝アメリカ〟よりもおじいちゃんの〝アメリカ〟に近かったのだろう。母は母なりのアメリカへの愛憎をかかえていたのだ。

アメリカへふたたび戻る日を夢見ながら、私は「ハイ、少々」と言い、アルバイトをつづけた。それでみんなとうまくやっていけるのならと考えたからだ。けれどもそう言葉にするたびに、そっくり返るようにして張っていた胸もだんだん前かがみになり、ビッと腰骨に力を入れて突き出していたお尻もしぼんだ。

そうやって鬱々《うつうつ》としていたある日。猛然といたずら心がわきあがった。たまたま通りかかったデパートの案内所。よくきいた冷房のなかで美しい制服に身をつつんだ案内係の女性がふたり。非のうちどころのないような〝オクユカシイ〟笑みをたたえて座っている。私はまよわずツカツカと大股《おおまた》で歩みより、胸をそっくり返す姿勢をとりながら突然英語で話しかけた。

「ホエア・イズ・ア・パブリック・フォン？」（公衆電話はどこですか？）

色黒で長い茶髪。Tシャツにヨレたジーンズ。なぜか胸とお尻を不要なまでに突き出した女に、案内係のお姉さんは一瞬にして凍りついたような笑顔になった。もう一度同じフレーズを繰り返す私。

「はあ？」

「ホエア・イズ・ア・パブリック・フォン？」

「えーとなんでしょうか？　ホワット？」

数回にわたってこんなやりとりがあっての後、どうにもあやしいと思ったか、心底困りはてたお姉さんは、なんと近くの交番にすかさず連絡をしてしまったのだ。あっという間に警官がふたりもやってきた。その頃には物見高いお客さんたちも集まってきて、何かをやらかしたらしい「変なガイコクジンのようなニッポンジンのようにも見える娘」をとりまいている。

「なんだか何を言っているんだか全然わからないんです。ふつう英語ならだいたいわかるんですけれど……」。お姉さんたちは代わる代わる警官に訴える。

「わかりました。とにかく署のほうに連れて行って事情を聞いてみます。ご苦労さまでした」。敬礼。

なにぃーである。署に連れて行かれてしまう。もう私が悪うございました、かんべんしてください、と言おうと思ったが、なにせギャラリーが多くてひっこみがつかない。

「さあ、行こう。うん、レッツゴーだ」

警官は私の腕をしっかりと両側からつかんで歩きだした。私はもう立派な犯罪者である。

「あの、私はただ公衆電話を探していたんです。それで、どこですか？　と聞いただけなんです」

やけくそで英語でしゃべりつづけた。

「たしかによくわからないな、この娘の言葉。英語だよな、たぶん」

私が日本語をわからないと思っている警官は互いに感想を述べあう。

「でも、この人どこの人なんでしょうねえ……。困りましたねえ」

力にまかせて腕を振りほどき逃げ出そうと逡巡《しゅんじゅん》したが、そうなればいよいよ私は本当の犯罪者になってしまう。ちょっとしたイタズラ心がとんでもない事態になりつつあった。

交番に到着した。「署」ではなく駅前の交番で少しばかりホッとした。取り調べ。机をたたく刑事。カツ丼《どん》。「署」と聞いた途端に頭に浮かんだ映像が現実にならないですんだ。

「さてと、すわりなさい。シットダウン」

言われたとおりに机の前に腰をおろす。

「まず名前だな。ネームね、ネーム」

紙とえんぴつを差し出された。ここに書けと身振りで示す警官。これはエライことになってしまった。ここで名前を書いてしまった日にはもう逃げられない。が、デタラメを書くほどの根性もない。

「ノー・ノー・テレフォン！　テレフォン！」

必死に電話をかけるまねをする私。

「ノー・ノー・ネーム！　ネーム！」

紙を指し示す警官。

「ノーオー！　テ・レ・ホ・ン!!」

頑強に名前を書くことを拒絶する私に、警官は切り札を持ち出した。

「オーケイ・パスポート・プリーズ！」

冗談じゃあない。パスポートを見せればすべてが終わりだ。私はたまたま持ち歩いていたパスポートをバッグの奥に押し込みながら、いったいどうしたらこの事態を収拾できるのか必死で頭をめぐらせた。

するとどうだろう。目の前にあるではないか公衆電話のボックスが！

「オー・テレフォン！」と叫んでボックスめがけてダッシュ。ドアを閉めて受話器を持ち上げダイヤルもせずに耳に押しあて話し始める私。じっと交番からうかがう警官がしびれをきらした頃、私は特大の笑顔でボックスを出、振り向いた警官に日本語で言った。

「ごめんなさあい」

そして一目散に駆けだした。

なんでこんな人さわがせなことをしでかしたのか今もってよくわからない。「ハイ、少少」と鬱屈した心が暴走したのか。アメリカかぶれでなにが悪い！　と大馬鹿者のひらき直りだったのだろうか。

ごめんなさい。あのときの変な女は私です。

第5章
シンディになりたい

廊下をすれちがう同級生たちの大人っぽさにタメ息ばかりがでる。きらめくようなブロンドや栗色《くりいろ》の髪をなびかせ、ほっそりとどこまでも長い手足が、無造作なTシャツとジーンズという格好にぴったりとはまっている。何冊ものぶ厚い教科書を胸にかかえ、じつに楽しげに、堂々と、次の教室へと廊下を移動して行く。何がそんなにうれしいのか楽しいのかさっぱりわからなかったが、彼女たちの歩く様は異常なまでに私をひきつけた。どうしてこんなふうに歩けるのか。なんで身体《からだ》から「楽しい！」という匂いを発散させることができるのか。身体が、というよりも彼女たちの歩く姿勢そのものが楽しさでいっぱいなのだ。

夏休みの間じゅう、コーチのトッドの指示どおり、毎日テニス部の練習に顔を出した。もちろんレベルがあまりにもちがいすぎる私は、乱打の相手としてもまったくお話しにならず、逃れたはずの球拾い人生に逆もどり。練習試合では、声のかぎりに応援をとばす「お囃《はや》し部隊」の一員としてかろうじて存在しつづけた。チームメイトたちからは「面白いから日本語で声援してくれ」と頼まれ、一人「がんばれー」と繰り返していた。

ハートランド高校には「ゴー・ゴー・レッツ・ゴー、ハートランド！　イエイ！」という立派な応援文句があるのだが、他校との試合では「がんばれー」が敵を拍子抜けさせると評判になり、私はいかにもアメリカンな「ゴー・ゴー・レッツ・ゴー！　イエイ」を唱和したくてたまらなかったのに、チームメイトもトッドも断固として「がんばれー」にしろとゆずらない。アメリカに来てまでも球拾いをし、大声で「がんばれー、がんばれー」と叫ぶのはなんとも間が抜けている。が、ジョイスの言ったとおり、声をあげなければ存在していないことになるのは困るので、私は自分の存在意義をかけて「がんばれー」に力をこめた。

テニス部には正真正銘の女王がいた。その名はシンディ・オースティン。輝くストロベリーブロンドの髪。きゃしゃでカモシカのようにしなやかな手足。そしてやや緑がかったエメラルドのような瞳《ひとみ》につくりの良い口。こんなにも美しい「固体」が存在するとは。練習が終わって、それまではきりりとひとつに束ねたブロンド髪をはらりと肩にたらし、汗がつたう褐色に日焼けした腕にラケットをかかえてコートからひきあげてくる姿は「美しい」としか形容のしようがない。姿かたちだけでもこんなに他を圧倒するのに、なんと彼女はテニスの腕もずばぬけている。とうぜんキャプテンという役割をにない、部員の熱烈な支持を集めている。天は二物を与えた、とはこのシンディのためだけにある言葉だ。

初めて彼女を間近にした衝撃と羨望《せんぼう》を忘れない。

いやいや練習に参加しはじめて二日目。コートに散らばった球をすべて拾い終え、やれやれこれで今日も帰れるぞと汗みずくの顔をタオルでぬぐっていると、後ろからポンと肩をたたかれた。まだ拾いのこした球があったのかなと振りむくと、ニッコリと微笑《ほほえ》むシンディが立っていた。

「ハーイ、ユーコ。私はキャプテンのシンディよ。ようこそ我がハートランドに！」

その言葉の誠実な響きと笑顔。差しだされた手を呆《ほう》けたように握ると、彼女は意外なほどの力でギュッと握りかえしてきた。美人特有の儀礼的なしらじらしさとは程遠い笑顔と握手。耳まで赤くなりながら彼女の顔を穴のあくほど見つめた。これほどに人を魅きつける笑顔を見たことがない。

「アナタもシニア（三年生）になるんでしょ。私も新学期からはシニアだから教室で一緒になるかもね」

シンディの透き通るような声を聞きながら、こんなにも美しい「オトナの女」が自分と同じ歳であることがまったく信じられなかった。何も答えられずに首を縦にふるだけの私に、「オウケイ！　じゃまた明日！」と片方の目をつぶってみせてシンディはとびはねるように去って行った。

ニクイ！　憎いのではなく、やることなすこと颯爽《さっそう》とチャーミングでニクイのだ。私はこの瞬間からすべての手本はシンディと決めた。シンディのように軽やかに、シンディのようにやさしく、シンディのように笑い、シンディのように話す。シンディのようなブロンドにはなれないし、エメラルドグリーンの目にもなれないが、シンディのような生気にあふれた幸せな笑顔ができる人になりたい。シンディのようなテニスプレーヤーにはなれないけれど、シンディのように球拾いをすることに決めた。

シンディ・オースティン。彼女は私のことを今でも覚えていてくれるのだろうか。

学校の廊下でもシンディはひときわ目立った。いつも洗いたてのようなジーンズに身体にピッタリとしたTシャツ。他の学生とまったく変わらない服装なのに、彼女はいつも最初に目にとびこんでくる。視線が勝手にシンディのほうに吸いこまれていくような感じだ。それは私だけではない。皆シンディとすれちがいざまにクギづけになったように視線を走らせる。男の子たちはもっと露骨にシンディに感嘆と興味が入りまざった視線を送る。が、当の本人はそうした視線を気にかけるふうでもなく、隣を歩く女友達といとも楽しげに話に興じている。私はなんどもそうしたシンディの後ろ姿に見とれ、移動に混みあう群衆のなかで「なぜシンディだけがシンディなのか？」というわけのわからない疑問について考えつづけた。

シンディを手本に生きるためにはまずシンディの外見や仕草を学ばなければならない。髪を染めるかわりに、つやつやになるために効果があると聞いた「百回ブラッシング」を毎朝の日課とした。肩までの髪型はほぼ同じなのだが、ニッポンジンの髪は基本的に硬くて太いから、どうやってもシンディのようなふんわりと流れる雰囲気にはならない。それでも少し艶《つや》がでてきた髪を、時折そっとシンディのように右手でかきあげてみる。彼女は人と話すときに、そうやって髪の毛に手をやったまま小首をかしげるようにするクセがある。鏡の前で髪をかきあげ小首をかしげてみる。が、どこかがちがう。

次はお化粧だ。

高校生、いや中学生が見事なまでのメイクをする当節、そんなのあったりまえと笑われるかもしれないが、私の通っていた日本の高校では化粧なんてとんでもない「非行」のうちに数えられていた。せいぜいやっても無色透明のリップクリームくらいのもんである。しかもかなり厳しい服装検査がしょっちゅう行われていたから、生徒はじつに地味で、羊のように従順だった。

制服は濃紺のブレザーとボックス型のスカート。ブラウスは白のYシャツ襟。靴下は白のソックスか黒のタイツ。東京のきらびやかな繁華街にある高校としてはだんトツに垢抜《あかぬ》けない。同じ地下鉄の駅を使う私立の男子校生徒も、そういう「ダサイ」女子生徒には見向きもしない。もっぱら近くにあるミッション系高校の女子学生に人気が集中していた。

日頃からその理不尽な状況に腹をたてていた私は、化粧こそしなかったものの制服については校則破りの常習犯であった。ブレザーの代わりに紺色のトレーナーを、その下には白のポロシャツを着て行くのだ。でも内心ではけっこうビクビクしていたから、ブレザーは抜きうち検査のためにロッカーに入れておき、登下校時のみトレーナーを着た。

高校の前は通称「地獄坂」と呼ばれるほどの急な登り坂で、遅刻寸前に駆け込む生徒にとっては死ぬほどつらい心臓破りの二百メートルだ。ある朝、いつもの地下鉄に一本乗り遅れた私は、猛然と坂でダッシュをかけ、どうやら遅刻はまぬがれそうだなあと校門が見えた時点で走るのをやめた。息を整えながら門に近づくにつれ、大変な事態が待ち受けているのがわかった。なんと校門の前には生徒指導の先生がバットを手に仁王立ちしているではないか。登校時の抜きうち検査なんてこれまで一回もなかったのに。うわーんどうしよう、と校門手前で足踏みをしていると、

「アンドー、アンドー、おまえはこっちだぞお」

と、仁王がバットをくるくる回しながら大声で呼ぶ。ブレザーをきちんと着た正しい羊たちは、これから起ころうとしている事件には関心がない、といったふうに私の横を静かに通りすぎて行く。

「おはようございまーす」

仁王に負けない大声でにこやかに愛らしく挨拶《あいさつ》をしたが、なんの効果もなかった。

「アンドー、おまえの制服はどうした？　いつからそういう体操服で学校に来るようになった？　うん？　答えられないか？」

「すいません、ブレザー忘れてきました」

「バッカモーン。おまえのブレザーはロッカーの中だろうが。せめて持って歩くくらいの気をきかせろ!!」

パシッ。

仁王がお尻にくれたバットの一撃に乗って、私は教室にころがりこんで席に着いた。もちろん待っていたのはクラスメイトの好奇心に燃えた目だった。

そんなはみだしっ娘《こ》でもアメリカの女子高校生の化粧にはびっくり仰天した。だいたいマスカラをまつ毛にベッタリと塗り、唇には思い思いのルージュをひいている。フレッシュマン（一年生）からシニアまで化粧をしていない子を探すほうがむずかしい。着ているものは安いTシャツにジーンズばかりなのに、髪の毛も化粧もそれぞれが丹念にととのえている。

問題はシンディだ。ようく観察すると、彼女はいつも真っ黒のマスカラで長いまつ毛をくるっとカールさせている。そしてキラキラと濡《ぬ》れたように光る口元。これは指でつけるリップグロスにちがいない。私もすぐさま黒のマスカラと、なめるとピーチ味がするリップグロスを買い、百回ブラシのあとの工程にとりいれた。

さらに歩き方である。これもよくよく廊下で観察すると、シンディだけではなくて皆同じような歩き方をしている。胸をそっくり返すように張り、アゴをぐっと引き、お尻をくいっと持ちあげるようにして大股《おおまた》で歩くのだ。その姿勢のよいこと。油断すると猫背になってのそのそと歩く私は、彼女たちにくらべると卑屈そのものだ。

鏡にむかってその姿勢を真似《まね》てみる。大きさには関係なく、胸を心持ちそっくり返すように突き出してみると、それだけでなんだか自信がわいてくる。明日はこうやって教科書をかかえ歩いてみよう。シンディのようにジーンズのお尻のポケットにバンダナと櫛《くし》をつっこんで。ニコニコと楽しそうに。弾むように。べつに何が楽しいわけでもなくても。

学校から帰ると、アンディが五ドル札を握りしめて玄関に座っている。ジョイスとニコが急な用事で出かけてしまったらしい。それで今夜の夕食は近くのマクドナルドに行って食べてこい、と五ドルが渡されたという。ふうん、日本の母だったらそんな冷たいことはしないのになあ、と甘えた根性丸だしにする私に、「でもどうやってマクドナルドまで行くの？」とアンディが七歳にしてはするどいつっこみをいれる。そうだ、私も彼も車を運転するなんてできない。免許がないのだから。よりにもよって、いつもなら煩わしいくらいに人の多いベイリー家に今日はなぜかたったふたりぼっち。よっぽど急いでいたのか、ジョイスは五ドルはくれても、マクドナルドへの移動手段まで気がまわらなかった。なんたって車で十五分はかかる「近く」なのだ。

「オウケイ！　ユーコ。僕について来て」

なんだ、それなりの方法があるのなら「どうやって行くか？」なんて聞いて困らせるな。

かくて、彼が選んだのは彼の自転車。後ろに乗れ、とむちゃくちゃに可愛らしいことを言ってくれる。私は彼の男気に心うたれ、言うとおりに後ろの小さな荷台にまたがりマクドナルドをめざした。三回ほど道ばたに倒れこんで休憩し、一時間と二十分後に私たちは感動のゴールをはたした。

「ビッグマックとストロベリーシェーク」

先日、初めて訪れたこの店で、まったく注文が通じなかった恥ずかしさから、アンディに注文に行かせた。どうにも「ビッグマック」の発音がうまくできないのだ。アンディは「ユー、チキン！」（この臆病者《おくびょうもの》！）と子供らしい率直な捨てゼリフで私を攻撃して、カウンターに向かった。

空いたテーブルに腰をおろしてあたりを見まわす。と、ふたつほどのテーブルをはさんでなんとシンディがいるではないか！　突如うれしさがこみあげて「シンディ」と呼びかけながら彼女のほうに行きかけた。すると、私の腰のあたりをヨチヨチとすり抜けて行った女の子が、「マミー」とシンディに抱きついた。マミーくらいは聞きまちがえないはずだ。となると、口にはまだおしゃぶりをしたこの幼い子はシンディの子供⁉

女の子を抱きあげたシンディが私に気がついた。

「ハーイ、ユーコ！　アナタも今日はマックの日？」

心臓がドキドキしていっそうシドロモドロになる私。

「ああ、この子はターニャ。私の娘で、一歳とちょっとなの」

悪びれることもなく、シンディはいつもよりももっと優しく、もっとやわらかい笑みを顔いっぱいにしてターニャの頭をなでる。

シンディ・オースティン。高校三年生。とびきりの美人。テニス部のキャプテン。カモシカのような身のこなし。優秀な成績。たくさんの友達と山のようなボーイフレンド。透き通る声と理知的な眼差し。憧《あこが》れの頂点に君臨するハートランド高校のクイーンは、なんと一児の母であった。

髪型を真似してみても、マスカラとリップグロスを塗りたくっても、ジーンズのお尻にバンダナと櫛を差し、胸を突き出し腰を持ちあげるように歩いてみても、かきあげた髪に手をやりながら小首をかしげても、どうりでシンディにはなれないはずだ。シンディは生まれてきてからの私と同じ長さの時間のなかで、誰かを真剣に愛し、結婚し、子供を産んで育てながら、学校に通い、なおもテニスの練習も欠かさず、それでいて皆がうっとりと幸せな気分になるような笑顔で、胸を張って堂々と生きているのだ。シンディの外見だけをお手軽にコピーしようとした自分がたとえようもないくらい子供に思えてくる。私のシンディへの気持ちは憧れから尊敬に進化した。

シンディはテニスのサーブをするとき、きまって鼻を手のひらで下から上へとこすりあげる。私にはその仕草がなぜかとても無邪気な魅力に映って、一生懸命真似してみた。真似した仕草が知らず知らずのうちにクセになっていた。今でもテニスをすると、「なんでアンタはサーブのときに鼻こするの?」と友達に指摘される。そのたびにシンディが頭をかすめる。「半端なアメリカかぶれ」と母に糾弾された私は、実は今もって「半端なシンディかぶれ」なのかもしれない。

第6章
頼りはアンディ先生

「ねえねえ、シンディってさ母親だったんだよ、知ってた？」

私はいつものようにトイレの便座にふたをし、その上に腰かけている。すぐ隣のバスタブには、ベイリー家の三女、レスリーがながながと湯に身体《からだ》を浸している。こうやってお互いの入浴の間じゅう、一日のできごとをそれはもう何から何まで話し合うのが日課になっていた。

「ふうん、シンディってあの目もさめるような美人で、頭がよくて、それでもって皆に好かれてるっていう奇跡のような人でしょ」

「そう、でも偉いよね。私なんてまるで子供じゃあないかって、そう思ったよ」

「ユーコね、シンディほど完璧《かんぺき》ではないけれど、ハートランド高校にはそういう学生ママが他にもいるのよ。みんな、親から家を追い出されたりしていてけっこう大変。シニアの生徒たちがボランティアで子供を預かったりしているんだから」

あたりまえのように話すレスリー。高校生で子供がいて、勉強もしなければならないが、働いて生活の糧《かて》も得なければならない。子供がおしなべて乳飲み子くらいだから、ふつうの託児所ではなかなか預かってもらえない。そこで同級生たちが放課後ボランティアで子供の面倒をみているという。東京の同級生の暮らしぶりを思いくらべて、自分が突然十年くらい老けたような気がした。

「ユーコ、そんなことよりさ、アナタの初めてのスピーチどうするの？」

そうだった。

留学したらぜったいにスピーチのクラスをとってみたい。と、自分の英語力に幻想をいだいていた頃はそう思っていた。が、アメリカ上陸以来、数々の手痛い経験から、人前で英語をしゃべるのが少しずつ恐怖になってきていた。どうせ通じない、どうやっても聞き取れない、RとLの区別なんて私には不可能、と、どんどん後ろ向きな気分になっている。ところが新学期の登録に行ったら、卒業に必要な単位として、「スピーチ」「運転免許」「タイピング」の三教科があることがわかった。他にも、「アメリカの政治」「ミシガン州の歴史」「アメリカ先住民族の歴史」などがどうしても卒業に必要だ。私は二年生の夏休みにハートランドにやってきたのだからソファモア（二年生）に編入するはずだったのだけれど、数学をはじめとするいくつかの教科が二年生の履修レベルを超えていたので、三年生に編入が許された。都合六カ月の飛び級ということになり、私はラッキーと大きなVサイン。その代わり、自信喪失でベイリー家から一歩外へ出るとほとんど失語状態にもかかわらず、「スピーチ」のクラスからは逃れることができなくなった。毎週月曜と水曜の一時間目。ミセス・バックマンのスピーチのクラスに登録した。

スピーチのクラスは、毎回テーマが与えられ、各々短いスピーチを二十分で書きあげて提出する。その後、ミセス・バックマンの指名で三人ほどが自分の書いたものを読みあげる。生徒同士で勝手な感想を述べあい、最後まで黙って耳を傾けていたミセス・バックマンがいくつかのアドバイスをして終了する。さらに、毎週一人ずつ五分間のスピーチを披露する。テーマは自由で、このフリースピーチが学期の中間試験にあたる。つまりミセス・バックマンのクラスでは、毎回指名されてスピーチ原稿を読みあげるロシアンルーレット並みの恐怖と、厳しい評価の対象となるフリースピーチの順番の緊張が常にうずまいているのだ。クラスメイトは十五人のこぢんまりとしたものなのだが、人前で話す恐怖の度合いはあまり変わらない。

私は毎回ひたすらに祈った。月曜日は、前の晩から祈りを欠かさない。どうか今日もスピーチをさせられる屈辱から逃れられますように。最初の五回ほどは祈りが通じたのかミセス・バックマンは決して私の書いたスピーチを読みあげさせようとはしなかった。それくらいひどい出来だった。

たとえば、雑誌の切り抜きをミセス・バックマンが持ってくる。パジャマを着た女の子がりんごをかじっているグラビア写真だ。それでストーリーを考えてスピーチにしてみよ、と言われる。みんな「エー」とか「ブー」とか言いながらもえんぴつ舐《な》め舐めノートに向かう。私は途方に暮れる。ぜんぜん何を書いて話を創ったらいいのかわからない。まず、ワタシという一人称で書くべきなのか、カノジョはと三人称で書くべきなのか、それすら糸口がつかめない。さんざん迷っているうちに時間がやってきて、ひと言も書けずに提出する。読みあげるべき文章がないのだから指名されないはずである。できるだけ小さくなってミセス・バックマンとは視線を合わせないように努めた。

前のクラスで書いたスピーチは次のクラスの冒頭で全員に返される。もちろんミセス・バックマンの添削がされている。白紙提出の私はこの返却の儀式がまた苦痛で、銀髪のマリア様のように慈愛に満ちあふれた彼女が、いとも悲しげに白紙を手渡してくれるたびに今にも泣きださんばかりであった。

最初に返してもらった白紙のノートには、とてもきれいな赤インクの筆記体で、

「ユー・ウィル・ラーン」（いつかはできる）と書いてあった。二回目の白紙には、

「ドント・ハーリー」（あせることはない）。三回目の白紙には、

「ユー・キャン・ドゥ」（できるわよ、あなただって）。四回目には、

「トライ！　ユーコ！」（やってみるのよユーコ！）。五回目の白紙には、

「…………」（白紙）

ミセス・バックマンはとうとう匙《さじ》を投げた。私の白紙騒動がジョイスに知れるところとなった。このまま白紙ばかりを提出していれば当然卒業だって危うい。

「ユーコ、そんなにスピーチのクラスがいやなの？」

単刀直入にものを言うことにかけては日本の母に一歩もひけをとらないジョイスは、なぜ白紙提出を続けるのか「そのなぜ」をはっきりしろと問いつめる。

「ママ、私、何を書いたらいいのかわからないの、ううん、書けないのよ」

ベイリー家ではペラペラ変な英語でもおかまいなしにしゃべりまくる私が、外では恐怖と羞恥心《しゅうちしん》でじっと口を閉ざしたままとは夢にも思わないジョイス。

「冗談じゃありません。今だってきちんと言いたいことを言っているのに、どうしてスピーチのクラスに行くと何を言っていいかわからなくなるの？　言いたいことを言えばいいのよ。それを書くの！」

「でも……誰を主語にしていいのかもわからない。うまく文章ができない！」

「ユーコね、いい？　言葉は話したいから他人に伝わるの。アナタは最初から他人に何かを話そうとする気持ちに欠けているだけ」

「ママ、私はね、英語がしゃべれない！　って言われた。私の英語は通じないんだよ」

英語でしゃべりながらどうにも矛盾した愚痴をくりだす私。

「だからね、英語で何か話せと言われるとこわくて、完全な、誰にも笑われないような英語を書かなくっちゃダメだと。そう思うとなあんにも言えないし、書けないよ」

涙がポロポロと頬《ほお》をつたう。

しばらく私が泣くのにまかせていたジョイスは、

「アナタは英語がしゃべれないんじゃあないの。ただ人前で恥ずかしい思いをしたくないだけ。でもね、アナタの英語が通じないからといってアナタを否定している人なんて一人もいないのよ。私たちだってアナタのように、英語だけでなく日本語や他の言葉が話せたらどんなに素晴らしいか。アナタが懸命に英語を学ぼうとしているってことは、このベイリー家全員にとっての誇りなんだから」

ついでにいろいろな感情がゴチャまぜになって私は泣きつづける。

「オウケイ、ダッツ・イナフ」（さ、もうじゅうぶんでしょ）

ジョイスは、これからスピーチの宿題についてはベイリー家一丸となって「アナタを助ける」と宣言して、話し合いを終えた。

そして、そうだったのだ。

ついに私にフリースピーチの順番がまわってきたのだ。来週の水曜日。ちょうど一週間後。テーマを探し、五分間の原稿を書かなくてはならない。「ベイリー家一丸宣言」の真価が試されるときがやってきたのだ。

いちばん張りきったのはアンディだ。彼は日頃からもっとも率直に私の英語を指導する立場にある。七歳という汚れない年齢のなせる業《わざ》で、少しでも発音が変だと「それはおかしい」と容赦しない。妥協も一切ない。何度でも私にやり直しを命ずる。私が最初に教えをいただいたのは「ほんとう？」という基本中の基本の単語。

「REALLY ?」

Rではじまり L がふたつの難儀な単語だ。

「リアリイ？」と私。

「ノー、リーリイ？」アンディ。

「ウリアリイ？」私。

「ちがうってば。ウリーリィだよ」

「ウリーアーリィ？」

「ちがうよな、ぜったいちがう。リーリィ？」

こうやってカタカナ文字にしてみると、どう違うのかが一目瞭然《りょうぜん》なのだが、アンディの教え方は徹底した口移し方式だ。しかもどう違うのかについての説明はしてくれない。本人にもどう違うのかわからないらしい。とにかく「ちがう」の一点張りでいく。発音記号など知るはずもない彼は、ひたすらに彼の「正しい」発音をくり返す。そのうち鈍い私もアッと気がつく瞬間がくる。「REALLY」の場合は、私の発音には余計な「ア」がふくまれていたのだ。完全に綴《つづ》りのアルファベットにとらわれていた。

「わかった！　リーリィ？　でしょ」

深い満足感にふたりでひたる。

その他、アンディ先生にご指導を願った単語は、「HEART」「HURT」「EAR」「YEAR」「CERTAINLY」など枚挙にいとまがない。いずれも口の開け方や音の出し方を明らかに私が誤解していたものだ。

特に「UR」の発音はむずかしい。「ア」と「ウ」のちょうど中間のようなくぐもった音で、喉《のど》をしぼるような気持ちで息を吐き出す。反対に「HEART」は開放された「アー」という音で、「ハート」と口を丸く開けてお腹から息を元気よく吐き出さなければならない。これが他の単語に応用できるようになるのは大変だった。もちろん熱心に指導してくれたのはアンディだったが、どう息を吐くのかとか細かい方法論は独自に編み出した。

徹底的に真似《まね》をせよ。

これがアンディ先生の指導方針である。従順に教えにしたがい、私は徹底して人の口真似をした。誰かと話をしていて、だいたい意味はわかるのだけれど、聞いたこともないような表現があったりすると、すかさず口のなかで復唱するようにした。相手が気味悪そうにすることもあったが、恥ずかしがっている余裕はない。慣用句はこの方法で覚えた。

困ったのは、「音」は聞き取れるのだけれども、それがアルファベットに置き換えられない、単語としてなんだかわからないときだ。授業のノートをとるときにひんぱんにこの事態が発生する。

保健の授業。先生がしょっちゅう「バリ」「バリ」と言う。ノートにはしかたがないので「バリ」と聞いたままをカタカナで書いておく。家に帰ってアンディ先生をつかまえ、「バリとはなんのことでしょうか？」とたずねる。先生はまず口で発音してみろという。

「バリ」私。

「バリ」アンディ。

「バリ」私。

「バリ……ううむ……」アンディ。

不毛につづくやりとりをキッチンで聞いていたジョイスがたまらなくなって加わる。

「バリ」ジョイス。

さすが母親である。どういう状況で出現した単語なのか？　と聞く。保健の授業で、なんだか筋肉の名前をやっていた、と伝える。

ハタと膝《ひざ》をうってジョイスが解答をくれた。

「それはね、ボディのこと。BODY、バリなのよ」

こうやって発音と綴りがいかにかけ離れているか、私の英語の世界が変わりつつあった。それまでの自分の思いこんでいた「音」と「綴り」の関係をすべてゼロにしてひとつひとつの単語を覚えるようにした。

フリースピーチの日は刻々と近づいていた。

テーマは考えて考えて、不遜《ふそん》にも「言葉の壁について」にした。「ランゲージ・バリア」という言葉の意味自体がわからないアンディは「そんな僕が聞いてもわからないようなスピーチなんてぜったいにダメだ」と強硬に反対した。

恩師の賛同を得られないのは心細かったが、そのぶんレスリーが原稿書きを手伝ってくれた。思えばレスリーも「アズマタファ」の謎《なぞ》を解明してくれた恩師である。

話の冒頭やつなぎに「アズマタファ」はきまって登場した。どうやら「実はねえ」という具合に使われていることだけは雰囲気から察知できた。しかしどういう単語が組み合わさっているのか、それともひとつの単語なのかが見当つかない。「アズマタファ」の謎はいよいよ深まり、アンディ先生にはもはや解明が不能になった。そのときに、

「それはね、簡単じゃないの。アズ・ア・マター・オブ・ファクトです」ときっぱりと解答してくれたのがレスリーだ。ほんとうにベイリー家一丸となって、私のボキャブラリー

は増えていく。

スピーチの内容は、自分がそれまでに感じた言葉の壁について、ありのままをつづった。レスリーは表現の奇妙な部分を手直ししてくれた。原稿が出来上がり、夕食後のひととき、ベイリー家全員を聴衆に、スピーチを披露。私は普段とは似ても似つかない厳粛なベイリー一家を前に今にも吐きそうなくらいの緊張でこわばった。

つっかえつっかえのスピーチが終わった。ジョイスもニコもジェフもジェッダもレスリーも、同い歳のベイリー家の四女ローリーも、ひとつ歳下の弟クリスも、アンディさえもが、肩を揺すって大きく息を吐いた。そして拍手。ジョイスは目を真っ赤にして歩みよる。「イッツ・グレイト！」。一家を代表して私を抱きしめる。アンディがすかさず口をはさんだ。

「でもユーコ、ランゲージの発音がちょっと変だとボクは思うな」

大人たちはぎょっとしてアンディをたしなめようとしたが、私はすかさずアンディにむかって、

「ランゲージ」

と指摘された単語を練習しはじめた。やっぱり頼りはアンディ先生だ。

第7章
スキニィ・ディッピングのこと

ベイリー家をとりまく自然環境は並はずれて豊かだ。

地下一階地上二階建ての家は、うす茶色のレンガの壁と屋根の煙突、大きくはりだした格子窓が特徴のしっとりと落ち着いた建物だ。緑濃い裏庭はゆるやかに傾斜し、湖へとつながっている。この庭は、春にはとりどりの野草が可憐《かれん》な花をつけ、夏は木々の緑がいよいよ冴《さ》える。傾斜の中腹にはパティオと呼ばれるレンガ張りの空間があり、バーベキュー用の暖炉と、簡単な木製のテーブルがある。夏の間じゅう、夕食はここでとる。キッチンからサラダを運び、ステーキかハンバーガーのパテを暖炉で焼く。子供たちはレモネードの特大ピッチャーを用意し、ジョイスとニコはジントニックをゆっくりと楽しみながら肉の焼けるのを待つ。香ばしい煙の向こうに目をやれば、今や湖に落ちんとする夕陽が真っ赤にかがやく。その一瞬だけは誰もが静かに、アンディさえもが哲学的になって口をつぐむ。

肉の面倒をみるのはビール片手のジェフ。大工仕事で真っ黒に日焼けした上半身裸でせっせと肉をひっくりかえす。食事のときにはシャツを着なくてはならない、とジョイスが注意するが、シャツが煙臭くなるとか言って断固、夏の間は半裸でとおした。

ジェフがめいめいの皿に肉を取り分けるタイミングを見計らって、サラダボウルの野菜にドレッシングをかけ、巨大なスプーンとフォークのような道具で仕上げをするのは私の役目だ。

レモネードにちょっといぶったように苦いステーキ。そしてありあわせの野菜サラダ。たったこれだけの簡素な食事。なのにどうだろう。湖から吹いてくる風が木々を揺らすたびに「こんな幸せな食事はしたことがない」と、私は毎日感動した。毎日同じメニューなのに、湖は別の表情で、アッと声をあげるほどの夕陽を見せてくれた。毎日が新しい感動だった。自然がいちばんのオカズ。こんなに贅沢《ぜいたく》なことはない。

暖炉の火もそろそろおき火になる頃、子供たちは全員でかたづけをする。自分の使った皿とナイフとフォークを持って家にあがり、キッチンの自動食器洗い機につっこむだけだ。私はこのすぐれて頼もしい機械に心奪われた。ベイリー家のキッチンは、アンドー家の客間にしたいくらいの広さ。流しとガス台、調理台はコの字型になっていて、食器洗い機もさることながら、電動缶切りやミキサーまでもが作り付けになっている。そして扉を開けずして氷がいくらでも出てくる冷蔵庫。扉の小さな窓にグラスを押しつけるとザザーと氷が出てくる。しかも氷の形状も選べる。細かく砕いたクラッシュが欲しいのか、四角いゴツゴツがいいのか、ボタンひとつで選べる。これには驚いた。アンドー家のゆうに三倍はある冷蔵庫の大きさにもびっくりしたが、グラスを押しつけるだけで氷が出てくるアメリカは文句なくすごい。製氷皿に水をかけて氷をはずし、また水を入れてこぼさないように神経とがらせながら冷凍庫に運ぶ。それが面倒くさくて氷を我慢したりする私にとって、アメリカはなんて思いやりのある国なのだろう。そして、汚れた皿を入れればたちまちにしてピカピカに洗い上げ、熱風で乾燥までしてくれる食器洗い機の夢のような働き。ベイリー家のもので、背中にくくりつけてでも持って帰りたいと真剣に欲したのはこれだけだ。

　子供たちに「お皿はちゃんとすすいでから食器洗い機に入れるのよ」と毎度同じセリフを叫びながら、ジョイスとニコはしばらくふたりきりで食後を過ごす。湖はすでに漆黒《しっこく》の闇《やみ》につつまれて、湖面のさざ波が月明かりに浮かぶ。たっぷり一時間はそうやってふたりきりになる。子供たちはめったに寄りつかない。暗黙のルールとなっているらしい。

　そんなある夕暮れ、ベイリー家にやってきてまだ日も浅い私は、次の日の学校のことでジョイスの許可をもらいたくて、ふたりが仲良く並んで湖を眺めているはずのところにもどって行った。

「ジョイス！　あのね明日の帰りは友達のところによばれているから、いつものスクールバスには乗って帰らないけどいい？」

パティオに降りる階段から大声でジョイスに話しかけた。ウンともスンとも返事がない。

「ジョイス、あのさ明日ね……」

パティオのふたりの椅子《いす》はからっぽだった。

まったくどこ行っちゃったんだか、「ジョイス。ジョイス！　どこ？」。

パティオから湖のほうへと下っていきながらふたりを探す。すると、スイミングプールのほうからジョイスらしい笑い声と盛大な水しぶきが聞こえてくる。

ベイリー家の室内プールは、建物の地下にあるのだが、ちょうど湖に下る斜面に開閉式のガラスがはまっていて、そこからもプールに出入りできるようになっている。いわゆる半地下のつくりだ。冬ともなれば、気温はマイナス十度くらいまでに下がり、あたり一面雪景色になるなか、温水でしかも室温が三十度に保たれたプールでは、泳ぎながら窓の外をしんしんと降る雪を眺められる。一九七〇年代の日本からやってきた身にとっては夢のそのまた夢のようなベイリー家。暮らしぶりは質素そのものなのに、それをはぐくむ家と周りの自然は圧倒的に贅沢なのだ。

なんだ、プールで泳いでいたのか。

「ジョイス！　あのねー」

と言いかけてプールのガラス扉を開けようとして息がとまった。クロールで黙々と縦二十メートルを折り返しているニコの背中とお尻が見えた。何も着ていない。ハダカだ。ハダカの背中とお尻がくっきりと水面をとおして見えたのだ。

まさか、ジョイスは？

まさかのハダカだった。彼女は豊満な胸を半分までプールに浸して、ニコの豪快な泳ぎに見とれている。

ニコとジョイスがオールヌードで泳いでいる！　私はぜったいに見てはならなかったベイリー家のヒミツをのぞいてしまった罪悪感と、目の前の光景に未《いま》だ半信半疑のまま自分の部屋へとって返した。

ハダカで泳ぐ。信じられない。それもニコとジョイスだ。仮そめにも父母にあたる人がハダカでプールに一緒にいる。日本の父と母を思い浮かべて身震いする。が、どうしたことかふたりは妙に健康的でイヤラシサがみじんも感じられない。あれはなんなのか。心臓がまだドキドキして頬《ほお》のあたりが熱い。とにかくこのことは誰にも言うまい。レスリーにもましてやアンディにだってこんなことは言えない。私は永遠にふたりの秘密をじっとこの胸にしまっていくのだ。

翌朝はなるべくギリギリに起きて、ジョイスと顔を合わさないようにした。自分でナッツ入りのシリアルに牛乳をかけ、キッチンの隅のカウンターでかきこんだ。ジョイスがコーヒーをカップに入れてくれたが、急いでいるふりをしてカウンターに置いて出かけようとした。

ニコが寝室から降りてきた。またあのハダカのお尻と背中が目に浮かんでくる。とうてい話ができる心境ではないから、ニコが新聞を広げているリビングを迂回《うかい》して勝手口からガレージにまわって外に出ようとした。

「ユーコ！　グッバーイ！　ハブ・ア・ナイス・デイ！」

いつのまにか私の背後に追いついてきたジョイスが、いつもの調子で歌うように声をかける。

「オウケイ、バーイ」

と振りむきざまに答えると、ジョイスはコーヒーカップをニコに渡しながらそっと額にキスしている。

こんなキスシーンは一日百回の茶飯事だからなんとも思わない。はずなのに、その朝ばかりはことさら色っぽく見える。また昨日のドキドキがぶりかえしてきた。ガレージの扉を勢いよくあけて、スクールバスが停《と》まる門をめざして走った。

その日はなんだか家に帰るのが憂鬱《ゆううつ》。プールでの目撃事件の衝撃でジョイスの許可はもらっていなかったが、学校が終わるとそのまま友達の家に行った。さすがに夕食を無断で食べないと大事になるので、友達の車で送ってもらった。

ベイリー家の夕食はこの日も何ら変わらない。パティオからすでにいいにおいの煙がたなびいている。できれば送ってきてくれたパトリシアに夕食もつき合っていって欲しかった。誰か関係ない話の相手になってくれる人にいて欲しかった。ベイリー家の人ではない誰かに。

しかしこういうときのジョイスの態度ははっきりしている。あらかじめ招いた人でなければ「ちょっと一緒にご飯でもどうぞ」と誘わない。一応は誘ってみるのが礼儀と心得る日本のつき合いとは対極にある。べつに冷たいのではない。お互い「予定」にない誘いは、お互いの「迷惑」だから、表面的な誘いはしない。そうジョイスは決めている。

最初、誰が食事時にやってきても「どう一緒に」と誘わないジョイスにびっくりした。日本の母だったら、たとえ食卓に用意している魚の切り身が足りなくなっても、自分は食べるのをひかえて「よかったらこれから食事なんだけど食べてかない。なんにもありませんけれど」と言うに決まってる。よほど親しい間柄でないと「じゃあいただいていきます」とならないから、ある程度はやはり社交辞令なのだろう。でも、家の修理にやってくる職人さんにも、書留を届けに来る郵便屋さんにも、あたりまえのようにお茶をふるまう母を見て育ったから、顔見知りにもコーヒー一杯出さないジョイスを、ずいぶんとドライな人だと思っていた。けれどもそれがベイリー家のやり方で、ならばまったくの他所者《よそもの》の私にもそういうドライな流儀でくるかというと、そうでもない。他人とのつき合い方に一定の距離を置くのは、だから、たとえ血のつながっている家族でも、個人を個人として扱う考え方と共通している。

頼みにしていたパトリシアも帰り、ひとり黙って食事をしていると、レスリーが今日は夕食が終わったら皆で湖に泳ぎに行こう！　とはずんだ調子で提案する。アンディはそれを聞いてもう水着の干してある乾燥室に向かって駆けだしていく。

「ユーコももちろん行くよね」

とレスリーに念を押されて、あいかわらず曖昧《あいまい》な返事をしていると、ジョイスが、

「ユーコ、レッツ・ゴー。今日は皆でスキニィ・ディッピングよ」

と、聞いたこともない単語で誘う。

スキニィ・ディッピングとはいったいどういう泳ぎなのか。それともゲームなのか。心に重たい秘密をかかえた女にはとうていついていける状況ではない。ジョイスはそれにしても能天気すぎやしないか。だいたい私はアナタの乱行に胸を痛めているというのに。優柔不断な私は、ひとり広大な屋敷にとり残されるのがイヤだ、というただそれだけの理由で結局レスリーのあとをついて湖のビーチまでやってきてしまった。泳ぐ気はさらさらないから、Tシャツと短パンのままだ。

ベイリー家の裏庭はすぐに湖につながっているが、そこはまだうっそうとした森の縁で、

泳ぐためにはもう少し湖畔を歩いて、ベイリー家私有のビーチに行かなくてはならない。もの三分もすると、申し訳ていどに白い砂を敷いたビーチがある。そこはベイリー家の者以外は絶対に入ってこられない、文字どおりの「プライベートビーチ」である。ビーチから五十メートルくらいの湖面には、木でつくったデッキが浮いている。そこまで泳いでいって、デッキの上で大の字になって、昼間は太陽に身体《からだ》をさらし、夜は星をながめる。そういう破格の贅沢をあたりまえに享受している。それがベイリー家だ。

レスリーはいつもの花柄のド派手な水着姿で、もうデッキに向かって泳ぎ始めている。つづくはアンディ。古タイヤの浮き輪にすっぽりと身体を入れ、バタバタと手足を器用に動かしてレスリーを追っている。ジェフとジェッダはビーチにビールを片手に座りこみ、すっかりふたりの世界。クリスも勝手に湖に浮いている。ジョイスが私をせきたてる。

「ユーコ、泳がないの？　こんなに気持ちのいい夜なのに」

「でも水着に着替えなかったし、私、ここで見ているから」

「ノー！　今日はスキニィ・ディッピングでしょ。さあ脱いで！　泳ぎましょう！」

なんと！　スキニィ・ディッピングとは生まれたままの姿で泳ぐことであった。

冗談じゃあない。ジェフとクリスというれっきとした男がいるのだ。アンディだって最近とみにオトコを感じさせる。

うろたえ、赤面する私にジョイスは勧誘を続ける。

「大丈夫。ここにあるのは月明かりだけ。誰にも見えません。ほんとうに気持ちいいものなんだから。ユーコも一度試してごらんなさいよ」

それでも私は頑としてビーチから動かなかった。やれやれとジョイスはシャツを脱ぎ、瞬く間にハダカになって湖に飛びこんでいってしまった。この家族はいったいどうなっているんだ。

ジェッダに鼻をこすりつけるようにして笑い声をあげているジェフのほうを振り向く。自分の厳格な母親がたった今ハダカで湖に飛びこんだことなど、てんでおかまいなし。

「ジェフ、ジェフ！　この家の人たちはハダカで泳ぐのがあたりまえなの？」

なぜ自分でも腹をたてているのかわからないのだが、どうにも気分が悪い。

「ハハアーン。ユーコが怒ってる。さてはハダカで泳ごうと言われたのね」

答えたのはジェッダだ。

「ベイリー家って不思議だよね。私も最初はびっくり。ママもパパもおかしくなったかと思ったもん。でもね、みんな小さいときからハダカでこの湖で泳いできたから、それがあたりまえみたいよ、ンネ、ジェフ」

ジェフは笑って答えない。

「じゃあジェッダもハダカで泳いだことあるの？」

「あるある。でもね、ジェフとふたりでこっそりね、ンネ、ジェフ」

クリスがあがってきた。彼は水着を着ている。レスリーも髪をしぼりながらあがってきた。ふたりとも気持ち良さそうにバスタオルを身体にまいて家のほうにもどって行った。まるでちょっと行水しました、である。

アンディはデッキから飛びこみを繰り返している。ジョイスもデッキの上にいるらしいが影しかわからない。たしかに見えないものだ。

ジェフとジェッダは湖には足の指一本浸すこともなく、ひきあげていった。さて、ビーチに残るは私ひとり。それぞれが自分の一番気持ちのいいやり方でこのひとときを過ごしているというのに、私だけがグチグチしている。なんだかバカらしい。なにかが背中を押した。すばやくTシャツと短パンを脱ぎ捨て、そこでしばらく迷ったあげく、エイヤッと下着を脱いだ。

どうだ！　私はハダカだ。

そのまま湖に走りこんで思いきり手足を動かした。ヒンヤリとした水が身体のすみずみを流れ、突然叫びだしたいほどにうれしくなった。あられのない姿を躊躇《ちゅうちょ》することなく、くるっとひっくりかえって背浮きになる。頭のまっすぐ上にはほぼ満ちたお月さまがあった。

ずっとこのままでいたい。心も身体も重力を失って、私はこのまま、なんでも、どこへでも行けそうな気がした。

「ユーコ、イッツ・アバウト・タイム！」（そろそろ時間よ！）

もうすっかり身支度をととのえたジョイスがそう呼ぶまで、私は月をながめてゆらゆらと浮いていた。

「バスタオル置いていくわよ」

ジョイスの言葉に片手をあげてこたえる。

私もとうとう変な家族の一員になってしまった。そう思うと、なぜか満ち足りた気持ちがこみあげてくる。こんなに気持ちのよい夜ははじめてだった。

第8章
留学生アンドー〝御用〟となった日

週末にニコとジョイスが旅行に出かけることになった。

金曜日から日曜日の夜まで、ふたりでミシガン湖のほうにキャンプに行くという。おいてけぼりになるベイビー、アンディがさぞかしむくれるだろうと思ったが、何時《いつ》まででもテレビが見られると小躍りしてよろこんでいる。

「ちゃんとアンディの世話をしてちょうだいね。今回は誰もベビーシッターを頼まないから、全部アナタたちで責任もってちょうだい」

それぞれが鬼のいぬ間の外出をたくらんでいたが、アンディが残ることになっていささか調子が狂ってしまった。

レスリーは当然ボーイフレンドのマイクとデート。ジェフはハナからあてにならない。

結局、ローリーと、その下の弟クリス、そして私が家にいてアンディの面倒をみる羽目になった。

自由気ままにできる千載一遇の週末を、ずっとアンディのシッター代わりで台無しにする手はない。三人で集まって知恵を出しあった。アレコレ考え、話しあった結果、もっとも効率的でエキサイティングな計画を実行に移すことで合意した。

ベイリー家でパーティを開くのだ。もちろん両親には内緒。

開催は土曜日の夜。オープンハウスでやる。じつは、私にはこのオープンハウスの意味がわからなかった。まあ、家を開け放して誰でも来ていいよ、というくらいなもんだろう。そう考えた。

ローリー十七歳、私が十六歳、クリス十五歳。この三人が主催するパーティだからお酒はご法度。ミシガン州の飲酒年齢は十八歳だ。が、やってくる友達がお酒を持ってくるぶんには拒否できない。さっそく翌日、学校の友達に声をかけまくった。パーティまであと三日。

金曜日。ジョイスとニコが巨大なバックパッキングを背負って出かけるのをことのほか淋《さび》しそうに見送った私たちは、ローリーの運転するボロボロのコルベットでスーパーマーケットに出かけた。パーティに必要なものを買い出すのだ。アンディも一緒だ。ここで共犯意識を植えつけておかなくては、帰ってきた両親にすぐにでも言いつける可能性がある。

「アンディ、いい、今度のパーティはアンタがつまらないだろうからやるんだからね」

ローリーがなかなか言うことをきかないコルベットのギアを両手で入れながら、アンディに言い聞かせる。オートマチック車しかベイリー家には存在しないと思っていたが、ローリーだけはなぜかギアつきに乗っている。それもおそろしく心もとない。メーターで速度を確認しながらギアをシフトするのだ。教習の手引きにどこまでも忠実に、

「アッ二十マイル。えっとギアはセカンドね」

スーパーに到着しただけでもありがたい。

ポテトチップスのお買い得サイズ。米俵くらいはある。キスチョコ。ひとつひとつが銀紙にくるまれた金米糖《コンペイトー》のようなチョコレートだ。コーラをはじめとする清涼飲料水各種。アンディにも選ばせる。私はできれば、サキイカとかカキノタネが欲しかったが、QBBチーズのお買い得袋でお茶を濁した。野菜スティックと、それにつけるディップくらいは作ろう、とクリスが言い張るので、セロリと人参《にんじん》、オニオンディップの粉末の素とサワークリームも買うことになった。アンディがどうしてもゼリービーンズを買えとだだをこねるので、買収の念押しとして一袋だけ許した。

私たちの軍資金はジョイスが三日分の食事代として置いていった三十ドルポッキリ。果たしてスーパーのレジですべてが消えた。これから三日間はこのスナック菓子とセロリと人参あるのみ。それでも皆、これから起こるだろうさまざまな冒険にも似た出来事に胸が高鳴り、興奮していた。

パーティの朝がやってきた。誰もそんなに早く起きる必要もないのに、七時にはキッチンに「主催者」がそろっていた。異変を感じとったのか、寝坊にかけては天下一品のレスリーも起きてきた。

「アンタたち、ね、なんかやるつもりでしょう? ね?」

ひとつひとつの粒がいかにも人工的な毒々しい色の砂糖にくるまれている、彼のもっとも愛するシリアルに牛乳をかけていたアンディが、ギョッとしてレスリーを見あげる。

「ハハアーン。アンディ! 言いなさい。何をやらかそうっていうのよ」

アンディが口を開く前にクリスがいとも簡単に計画を白状した。

「そう、そうなの。だったら私もパーティやるわ。だって十八歳は私だけでしょ」

レスリーも参加を決めた。こうなりゃアルコールを調達するしかない。

そこら辺は私たちよりも、自分の参加意義を心得ている。さすがレスリー。

「わかった。あとでマイクに電話してビールの樽《たる》を調達してくるわ」

タル。ビールの樽を持ってくるらしい。いったいどこから、どうやって。そしてこのパーティにはどのくらいの人がやってくるというのだろう。樽に入ったビールをどうやって飲むのだ。

パーティは夕方五時から。まだ時間はたっぷりある。なのにクリスはこれからの準備について段取り表を作っている。彼が字を書いているのを私ははじめて見た。いつも野球しか頭にないのに。

クリスの指示にしたがい、私は朝食後すぐにセロリと人参のスティック作りに没頭した。ほんとうに馬でもこないかぎり絶対に食べきれない量のスティックを作ってグラスに差す。

ローリーは掃除。アンディはサム（犬）の散歩を担当した。その間、クリスは不思議な行動をする。リビングにある値の張りそうなランプや絵画をどこかへ運んでいるのだ。リビングにつづいているファミリールームと呼ばれる家族の団らんの場所には、暖炉の上にニコの趣味の猟銃が飾られているのだが、それも全部どこかへ持っていってしまった。玄関のすぐ脇にあるジョイス専用の書斎からは、彼女の大切にしている植物図鑑や万年筆のコレクションも移動させられた。ニコのゴルフクラブもかたづけられ、サムの銀製のエサ入れも消えた（このエサ入れ皿はサムが何かのコンテストで優勝したときの名誉ある品らしい）。

「ユーコ、大事なものは全部ニコとジョイスの寝室に入れておくように」

クリスが最後の点検を終えてもどってきた。

「なんで？　だって私の部屋にまで人が入ってくるわけじゃないでしょ？」

「バカだなあ。オープンハウスって言ったからにはどこでも、皆入っていいっていうことなんだぜ」

「ええ？」

すぐに二階の自分の部屋に駆け上がったものの、何をかたづけるべきなのかよく判断がつかないので、とりあえず日記帳と日本から持ってきた浴衣《ゆかた》を両親の寝室に運んだ。

そこにはもう足の踏み場もないくらい、ベイリー家の財産が所狭しと積みあげられている。クリスのドラムセットやローリーのドレス。アンディの、私がお土産《みやげ》で持ってきたそろいの浴衣もそこにあった。柄にもなくしんみりと胸にこみあげるものがある。かわいいヤツ。

ローリー、アンディ、私。三人を前にしてクリスが重々しく言う。これからニコとジョイスの部屋にはカギをかける。入れ忘れたものはないか。

儀式の途中でレスリーが帰ってきた。肩で息をしながらいかにも得意げな様子。後ろにはビア樽をかついだマイク。ほんとうにビールの樽を調達してきたのだ。

「ハイ、ディア！」（やぁ、愛すべき者たちよ！）

レスリーとは信じられないほどに私はウマが合う。ベイリー家にやってきたその日の夜、彼女が無言で抱きしめてくれた瞬間から別々に行動したことがないくらいだ。どちらかと大別するならば、私のいい加減さを平気で上回るおおらかでのんびりした人で、毎朝四マイルのジョギングを欠かさない。ハートランド高校を卒業したばかりで、高校ではクロスカントリーの選手だった。その名残《なごり》で毎朝走るのだが、これから大学に行くかどうかは一年くらい地元のコミュニティカレッジ、と呼ばれる専門学校に通いながら考えるという。我が道を行く。この言葉がぴったりのブロンド美人だ。そのレスリーがビア樽をどこからともなく手に入れ、パーティの主催者として大いに張り切っている様は、これからのパーティが予想を超えて盛り上がることを感じさせる。レスリーの友達の多さはきょうだいでも一、二を競う。きっと友達の大群にふれまわったにちがいない。

ポテトチップスを部屋の隅に点在するテーブルに盛りつける。チョコレートや野菜のスティックはちょっと気取って、玄関やジョイスの書斎、地下のプールサイドと、それに隣り合っているビリヤードルームに置いた。問題のビア樽は、考え抜いた末、キッチンに置いた。この樽にはプラスティックの栓がついていて、飲みたい人は自分でグラスに入れてもらう。きっとあたり一面がビールだらけになるだろうから、掃除が楽なリノリウム張りの床であるキッチンを選んだ。

「でもさ、家にはグラスなんてそんなにないし、あっても皆壊すだろうから、どうしよう」

ローリーがプラスティックのグラスをかきあつめながらもっともな疑問を口にする。

「大丈夫。グラスは各自持ってくるように言ってあるから。それから、ビア樽のビールは飲み放題だけど、一人一ドルだからね」

レスリーはどうやって「元」をとるかについてすでにしっかりと計算している。彼女にしては珍しい。

「えっ、お金とるの？　そんなことオレ皆に言ってないよ」

クリスが異論を唱える。

「バカ。アンタをふくむアンタの友達はビール飲んじゃいけないの。これは私の世界のルールなんだから黙ってペプシでも飲んでなさい」

レスリーは今や完全にパーティをとりしきっている。ローリー、クリス、ユーコの三人が初めて主催するパーティだった。アンディの面倒をみながら楽しめる方法論を探して行き着いた「グレイトアイディア」だったはずだ。まあ、いいか。なによりも頼れる大人がいるというのだから。

「でもいい？　このパーティはぜったいオカシナモノはなしよ！」

のんびり屋のレスリーが「これだけは」と気合いをこめて私たちに念を押す。私にはオカシナモノ」が何をさすのかチンプンカンプンだ。

「オウケイ。レス。もしそういうヤツがいたらすぐに警察に電話するよ」

「オカシナモノ」について熟知しているらしいローリーもクリスもアンディもうなずく。

「ね、オカシナモノって何？」

ひとりわからずにいるには事が重大そうだったので、そっとアンディ先生にうかがう。

「スピード。ハッシシ。マリワナ」

七歳の先生はよどみなく答える。

スピードとハッシシは初耳だったが、マリワナくらいの単語は知っていたので、「オカシナモノ」とはすなわちドラッグであるとわかった。へえ、やっぱりパーティにはドラッグがつきものなのね、と変に感心している私を残して、レスリーたちはガレージに行ってしまった。

ベイリー家のガレージは長男ジェフの管轄。ここには、ニコのオールズモービル・リージェンシーや、ジョイスのサンダーバード。レスリーのコルベットスティングレーやその他、さすが車のデトロイトと感じ入る高級車が四台も鎮座している。横にはジェフの直しているボロボロのワーゲンやサンドバギーまで収容されていて、さながら「晴海《はるみ》のモーターショウ」会場のようだ。それでも入りきらない車、たとえばローリーのコルベットやジェッダのフォードなどは、門から玄関につづく車回しの小道に放置されている。この家は車をサンダル以上に気軽に使い、買うらしい。最初にデトロイト空港からベイリー家まで乗ったニコのオールズについて、私は以下のように日本の母に書き送った。

「あのね、そんなわけで、なかなかベイリーさん家《ち》の人とは会えなくてたいへんでした。でも、すごいの、私、テン、ハ、イ、カ、テンノウヘイカの乗るような車で迎えにきてもらったのよ。だから安心してください」

オールズの座席は深いぶどう色のビロードで、乗り込んだ拍子にズボリと身体《からだ》が埋まってしまった。車内を見まわせば得体の知れないスイッチがずらり。こんなたいそうな車に乗るのは「テンノウヘイカ」だけである。ド肝を抜かれて言葉を失った少女が書き送った偽らざる心境だった。

ガレージで何をやっていることやら。皆に追いつくと、やるべきことはすでに終わっていた。すべての車のキーを抜いて施錠したところだった。それならいっそガレージ自体に鍵《かぎ》をかければよさそうなものなのに。そうか、この家のガレージは地下にも通じているので、プールから誰かが上がってくるかもしれない。キーをまとめてクリスが満足げに言う。

「よし、これで完璧《かんぺき》なオープンハウスだ」

こんなにもかたづけをしなくてはならないならオープンハウスなどにしなくてもいいではないか。なんだか疑問を感じる。

ぼちぼち五時だ。

主催者はレスリーのボーイフレンド、マイクが差し入れてくれたハンバーガーで腹ごしらえをした。

すると、開け放してあるドアというドアから次から次へと人がやってくるではないか。正確には五時十分。もうすでにビア樽の設置場所であるキッチンには列ができている。皆ちゃんと「マイグラス」を持参している。

人の波はふくれる一方だ。

どこでどう聞きつけたのか。学校では一度も会ったこともないような人ばかり。たまに人ごみのなかに同級生を見つける、が、知らない人のほうがはるかに多い。

「クリス！　どうなっているのよ！　全然知らない人ばかりじゃない！」

「知るか！　オレだって知らないヤツばっかりさ！」

ビア樽の木戸銭徴収はアンディが担当した。いちばん抵抗なく人からお金をもらえそうだったから。人の輪をくぐりぬけてアンディの応援に行く。途中、まったくの見ず知らずの人たちから、私のコーラにラムを何度もそそがれて、かなりいい気分になりつつあった。アンディまでもが何か飲まされたりしたら大変だ。

「アンディ！　平気？」

やっとのことでアンディのそばにたどり着く。

「ユーコ。スゴイや。もう百ドルこえたよ！」

つまりビールに並んだ人たちだけでも百人を上回っているらしい。その後、キッチンは鍵をかけられない冷蔵庫が勝手に開放され、ニコが宝物にしている、自分で釣ってきたマスの燻製《くんせい》とか、ジョイスのダイエットヨーグルトまでもがすべて消え失《う》せた。その有り様をじっとなす術《すべ》もなく見ていたアンディと私は、ふたりが帰ってきたときのことを想像し、ただただ無言で顔を見合わせた。

「ゲッティング・トウ・ワイルド！」（荒れてきたようだ！）

クリスが（ほんとうは酔っぱらっているくせに）眉間《みけん》にシワをよせながらキッチンにやってきた。ベイリー家は七つの寝室とリビングルーム、ファミリールーム、それにダイニングルームに書斎、さらには地下のビリヤードルームとサウナ、プールを有する途方もない大きさの家だ。そのそこかしこに人があふれ、外のパティオにも、車回しにも人がつどっている。コーラとポテトチップスのたわいないパーティだったはずが制御不能の大パーティになってしまった。大変だ。そう考える余裕はまだ残っていた。

「クリス、もうおひらきにしようよ。これ以上の騒ぎになるととんでもないことになるからさ」

「どうやって帰すのさ。館内放送があるわけでもないし。そのうち帰るよ、飲みものもないしね」

時計は九時をまわったところ。ガレージのほうからも奇声が聞こえてくる。地下のほうも騒がしい。どうやらプールで泳ぎはじめているようだ。

「もう、オープンハウスなんてクリスが言うから。知らないからね、どうなっても！」

ラム＆コーラで気持ちも悪くなっていた私はひと足先に寝ることにした。自分の部屋のドアを開けて電気をつけた途端、とびのくように無数の影が右往左往する。こっちのほうが心臓が止まるくらい驚いた。ざっと八組のカップルが狭い私の部屋で愛を語らっていた。

ありがたいことに、誰もがシャツを脱ぐにはいたっていなかったが。

「ヘイ、まだパーティは終わりじゃないだろ」

どこかで見かけたことのある男が馴《な》れ馴れしく言う。

「そ、でも私の部屋だから、出て行ってくれる？　私もう寝るから」

「フン！　ブスイ奴《やつ》！」

捨てゼリフを潮にうっとりカップルたちが腰をあげたそのとき、けたたましいサイレンの音。またたく間にそれはベイリー家に近づき、止まった。アッ「オカシナモノ」をやったヤツがいた！　と、とっさに思った。もうこれでパーティは否が応でも終わりになるな、ま、私は関係ないから先に寝る。明日のかたづけは少々骨だな。オヤスミ。


「ユーコ！　ユーコ!!　ユウウコオ！」

絶叫するクリスがドアをたたく。うるさい。私はもうキモチワルイしツカレタ。そうつぶやいてもう一度寝返りをうった。

「ユーコ！　起きろ！　オキテクレ！」

なんだ、ヨッパライ。ウルサイゾ。すっかり酔っ払った私に、クリスの絶叫は頭の芯《しん》を直撃する。ドアをやぶれんばかりにたたくクリスに負けてヨロヨロと起きる。

「クリス、私は気分が悪いの。おねがいだからそっとしておいてくれない」

「そんなことじゃないんだよー。おねがいだから起きて下に来てよ！」

なんだか知らないがヨッパライはしつこくていけない。ガウンをはおって下に降りた。

「アナタがこのパーティの責任者だね。ちょっと事情を聞かせてもらおう」

階下にはスタスキーとハッチのような二人組のハンサムな警官が私を待ちうけていた。

「えっ、あのう……」

こういう土壇場でなぜ英語がしゃべれなくなるのか。私はそのまま車寄せに駐車していたパトカーの中にうながされ、延々パーティの経過について訊問《じんもん》された。

警察が呼ばれた経緯は、泥棒だった。誰かがジョイスの書斎からタイプライターを盗んで車に運びこもうとしているのを目撃した人が通報した、という。私はさんざん警察にしぼられ（飲酒年齢に達していないのにビールやその他のアルコールをふるまった、とか、近所の迷惑かえりみず騒音を巻き散らしたとか、とにかく留学生にはあるまじき破廉恥な行為であると一時間もパトカーの中で怒られた）、タイプライターを盗まれたことまでも私の責任になってしまった。

不思議にも涙の一滴もこぼれなかった。

パトカーに仰天して蜘蛛《くも》の子を散らすように誰もいなくなったキッチンにもどった。クリスとアンディがいた。私のもっとも心許すレスリーはとっくにマイクとどこかに消えていた。ローリーもいない。

「ゴメン。ユーコ」

留学生だったらワケがわからないから「コト」はそんなに重大にならないだろう、そう思ってユーコが責任者だって言った。ボクが悪かった。

「ゴメン。ユーコ。ゴメンネ」

クリスが半ベソをかいてうなだれている。アンディはどうやってこの場をきりぬけていいものやら、かわいそうに一緒にうなだれている。

「オウケイ！　クリス！　明日早く起きて掃除しなくちゃね」

そう言うのが精一杯だった。アンディがわっと泣き声をあげてしがみついてきた。クリスもつられて涙をぬぐう。もうこいつらはしょうもない弟たちだ。自分が生《い》け贄《にえ》に差しだされた怒りはどこかに飛んでいった。それよりもクリスとアンディと三人だけの秘密を共有できたことがうれしかった。

翌朝。レスリーはどこからともなくマイクをともなって姿を現した。警察沙汰《ざた》になったことなど夢知らぬ上機嫌で、

「ワアオー、家じゅう皆で大掃除だ！」

と、マイクに掃除機をあてがって早くも後始末にかかる。昨夜《ゆうべ》から行方の知れぬローリーはビリヤードルームで寝ていた。

クリスがプールからもどってきて大きなタメ息をついた。

「一人じゃとうてい手がまわらないよ」

レスリー、ローリー、クリス、アンディ、そして私がプールに降りて行く。

ベイリー家自慢の二十メートルプールは、その表面がすべてバドワイザーの空き缶でおおわれていた。ものすごいビールの臭い。

「オーマイゴッド！」

おおげさに嘆くアンディを筆頭に次々とプールに飛び込んだ。ビールの臭いが強烈に鼻をつく。

ジョイスとニコが帰ってくるまであと二時間しかない。冒険をともにした「主催者」たちは空き缶の間を泳ぎまわり、パーティをしめくくった。

第9章
ベトナム戦争のかけら

ここまでこっぴどく叱《しか》られたのは人生はじめてだ。パーティの一部始終が近所からニコとジョイスにばれた。しかもジョイスのタイプライターが盗まれている。プールをはじめとする家じゅうを必死に掃除にかかったが、近所に口どめをするまでには気がまわらなかった。

言い渡された処罰は、むこう一カ月の外出禁止。むろんレスリーもふくまれていた。もはや私たちは、裏の湖で遊ぶか、地下のプールかビリヤードで時間をつぶすかしか遊興は残されていない。それだって常識からは並はずれて恵まれている。にもかかわらず、皆、幽閉の身になったようにうちひしがれた。

かわいそうなレスリーは、マイクがベイリー家を訪れることまでも禁じられ、

「クレージー」

の禁句をこれまた何度も口にして、いよいよジョイスの怒りをかった。

これから一カ月。どうやって暮らしたものか。週末の長い退屈を思うと自然と肩が落ちる。

「じゃあまたパーティやろうか」

と言ってひんしゅくをかうのがローリーである。彼女は何を考えているのかよくわからない。ひょうひょうとしていてつかみどころのない人間だ。

毎晩、持て余しぎみの時間を私はとうに忘れていたピアノの練習にあてがうことにした。三歳くらいから習いはじめたピアノは大嫌いだった。学校の宿題だけでも辟易《へきえき》しているところに、「この次までにはこれね」と出されるピアノの宿題は重荷以外のなにものでもない。宿題はおろか練習すらしない私に対するピアノ教師の対応は厳しかった。繰り返し同じ曲を弾かされ、まるでヤル気のない私の指には容赦ないしっぺがとんできた。好きでもないことをやるにはあまりにも分別がなさすぎた。能力なし、と断定されても、投げだすことを許さない母の監視のもと泣く泣く惰性で通った。行ってきまーすと出かけて、近くのおばあちゃん家《ち》で時間をつぶしたりした。

反して、身体《からだ》を動かすだけでよいクラシックバレエは性に合った。小学校の高学年になる頃には、ピアノは先生からレッスンをやんわりと断られ、バレエ一筋にうちこんだ。漫画の世界とゴッチャになって「ワタシもプリマバレリーナになるのよ！」と、誰もが一度はそう心に誓う幻想に向かって邁進《まいしん》した。身体が硬いからバレエも全然ダメと知らされるまで、真剣にプリマの夢を追った頃がなつかしい。

そんなに嫌いなピアノをやろう、と思ったのだから、ミシガンでの退屈は推して知るべし。満足に英語もしゃべれないくせに、いざ幽閉の身になるとどうにもやることがなくてつまらない。テレビはアンディ様が独占している。クリスも夕食が終われば部屋に閉じこもって、ドラムに退屈をぶつけている。じゃ、私はピアノでもやってみるか。

ピアノはベイリー家のファミリールームにある。湖に面して二畳くらいのガラス窓があって、ピアノはその窓辺に置いてある。誰も弾かない。かつては一番上の娘で、結婚して今では二児の母となっているジェニーが弾いていたらしい。彼女が残していったソナチネの楽譜がほこりにまみれている。私がピアノ教師に「来るにおよばず」と言い渡されたのが、ソナチネを始めたころだった。ちょうどいい。ソナチネを最初から練習することにした。

あんなに疎ましかったピアノも始めてみるとけっこう面白い。教えてくれる人も宿題もなしだから、自分のやりたいように、自分の解釈で一曲ずつ取り組んでみた。本来はどう弾くべきなのかもわからないから、いい加減に曲をデッチあげていたと思われる。

それでも毎日、四苦八苦しているうちにがぜん意欲が湧《わ》いてきて、夕食後の楽しみになりつつあった。こういうところが私のトボケたところで、調子にのって日本に新しい楽譜を送れと催促した。要求したのは「日本の名曲五十選」のようなもので、「ベイリー家の人たちにすこしでも日本の音楽をわかってもらいたいので、『さくら』とか『荒城の月』とかが載っている楽譜を送ってください」。そう手紙に書いて送った。いい気なもんである。ついに音楽に目覚めた、と有頂天になった母からは、折り返しダンボール箱が送られてきた。これが全部ピアノの楽譜か、と思うと目の前が真っ暗になった。が、開けてみれば、私が夢でむさぼり食っていた、カレーの缶詰とインスタントラーメンがほとんどで、肝心の楽譜は一冊だけだった。ダテに母をやっているわけではない。見抜いている。

永遠に思われた外出禁止の一カ月がすでに終わろうとしていた。私はむずかしいソナチネをしまって、もっぱら『荒城の月』や『竹田の子守歌』という、渋い路線で練習を重ねた。なんだか哀調しみじみとピアノにむかう私の様子が気になるのか、いつしかニコもジョイスもクリスもレスリーもファミリールームに集まってくるようになった。

夕食後、私は『竹田の子守歌』を弾き、皆しーんと耳を傾ける。妙な時間だった。でも聞いてくれる聴衆を得た今、私はさらにピアノにかじりつき、新しい日本の曲をマスターする使命に燃えた。外出禁止令が解かれても、もともと平日はどこに出かけるわけでもないので、夜ごとの練習はつづいた。そんな平和なひとときが、信じられないような事件の幕開けになるとは。

車の免許は一応手にしたものの、学校に通うのは黄色のスクールバス。寝坊したりして、バスに乗り遅れでもしないかぎりは、車を勝手に運転したり、誰かに送ってもらうことは許されない。ベイリー家の門のすぐ前でバスが停《と》まるので、バスが来る時間の二分前に家を飛びだせばじゅうぶんだ。バスに乗っているのは一、二年生ばかり。シニアともなると自分で車を運転したり、ボーイフレンドに迎えにきてもらったりする。そうじゃないと下級生に対してしめしがつかないらしい。私はそういう恵まれた事情をまだ持ち合わせていなかったので、もっぱら奇声飛び交う動物園のようなスクールバスで通った。ふだんめったに学校では口をきかない下級生たちは、毎朝私に興味津々。生まれてはじめて接するニッポンジンに矢のような質問をあびせかける。

「ねえ、ニッポンには車があるの？」

これなどはかわいい質問だ。

「あのさ、ニッポンではカタナをさして歩いているサムライがいちばん偉いんでしょ？」

これもまたジョークのうちか、と笑っていられる。

「でもさ、フジヤマとゲイシャガールの国だから、ユーコも日本に帰ったらゲイシャガールになるの？」

これもいたしかたない。

「でもね、昨日家のパパが言ってたよ。日本人にはリメンバー・パールハーバーって言ってやれってさ」

この言葉は予想していた。というよりも「そういうことを今でも言う人たちがいるだろうから」と、留学前の研修でさとされた。実際に、直接胸ぐらにこの言葉を受けてみると意外にも現実感をともなわない。それは私が戦後の生まれなのだからかもしれないが、この期《ご》におよんでなまじ歴史も知りゃしない子供が言葉でやりあっても仕方がない。私はこの男の子の言葉を無視した。

「あのさ、そんなことよりもニッポンには冷蔵庫ってあるの？」

これがもっとも私を刺激した。

「あるわよ。あたりまえでしょ！」

この質問には、なぜか、戦争に負けた国から来た、というそれまで味わったことがない敗北感におそわれた。冷蔵庫くらいちゃんと日本にはあるんだよ。なによ、アンタが使っているテープレコーダーだってラジオだってテレビだってソニーじゃないの！ソニーがアメリカの企業だと信じて疑わないのが私のハートランドの隣人のほとんどであった。すぐれたモノはすべてアメリカのモノだと疑わないアンタたちはなんだ！　愛国心。これをナショナリズムと呼ぶならば、私にははじめて日本人としての爪の先ほどの自覚が芽生えた瞬間だった。

それでもスクールバスしか私には足がない。毎日、授業が終わればバスに乗り、テニス部の練習のあるときは友達に送ってもらう、判で押したような単調な日々がつづいていた。

いつものようにスクールバスはベイリー家の門の前で停まった。五時少し前だった。まあ、今日もまたこれからピアノを弾くくらいしかないな、とバスを降りると、見たことがないブルーの車が門の正面に駐車している。フウン誰かのボーイフレンドが来ているのかな、とあまり気にもとめずに歩きだした。するとブルーの車も同じような速度で門をくぐりついてくる。誰かのボーイフレンドの車だったら門の外に停めているのも変だ。ベイリー家の驚く環境は、門から玄関までの車寄せの距離が大人の足で歩いたらゆうに三分はかかる。だいたい知り合いとか友達は勝手に車寄せまで入ってきて、木立のすき間に車をブン投げていくのがふつうだ。それがブルーの車は門から私に速度を合わせるように動きはじめたのだ。いろいろ考えるとさすがに「オカシイ」と異変を感じとった私ではあったが、とにかく玄関まで行き着いて安全なところに避難するのが先決だ。

駆けだせばよかったのだろう。私の後ろを、私の歩く速度でついてくる車の恐怖は筆舌に尽くしがたい。こいつはいったい誰なのだ。なぜ、こんなふうに私の帰りを待っていたのか。それとも私の思いすごしなのか。なんなの！　〝倒《こ》けつ転《まろ》びつ〟とはこのこと。一刻も早く玄関にたどりついて「ジョイス！　ただいま！」と安全圏に逃げ込みたいのに、足がうまく機能してくれない。気ははやるが足が宙をかいているだけのようだ。

後ろをふり返った。車の運転席には、ウエーブのかかった長めの金髪を真ん中で分けた、色白の男がいる。誰かに似ているような……いや、一度も会ったことなどない見知らぬ男だ。男はなんとも得体の知れない笑みを浮かべ、まっすぐに私を見すえている。

私は走った。もう目の前に玄関の扉がある。

「ジョイス!!」「ジョイス!!」「クリス!!」「エニイバディ!!」（誰か!!）

扉を開けながら声のかぎりに助けを呼ぶ。こんなことってあるのだろうか？　誰もいない。扉に鍵《かぎ》をかける手が震えて思うようにいかない。扉のすき間から、男が車を乗り捨てて悠然とした足取りで扉のほうに向かってくるのが見えた。二階に駆けあがる。自分の部屋の鍵をかけ、警察に連絡しようと受話器をあげたが、頭がパニックのあまりに反応しない。警察が何番なのかがわからないのだ。

突然、玄関の扉を激しくたたく音。何もできずにじっとベッドの脇に身をかがめていると、いよいよたたく音は激しく、凶暴になってくる。どうやら男は扉を力まかせに蹴《け》りつけているらしい。拳《こぶし》でたたく小刻みな音が、ずーんと扉全体を揺るがすような大音響に変わっている。

もう一刻の猶予もない。あきらかに男はベイリー家に侵入し、理由はまったくもってわからないが、私を襲うつもりだ。連れ去られるのか、それとも……。這《は》うようにして電話をとりあげる。ここで助けを求めなければ私は確実にどうにかなってしまう。日本の警察通報は１１０、消防は１１９、えーとアメリカは、そうだ！　９１１だ！　９１１、と指がプッシュボタンに触れたそのとき、窓の外で乾いた破裂音が数回ひびいた。聞いたことがない音の不気味さに背中に鳥肌がたつ。拍子に受話器を落とし、そのままお尻で絨毯《じゅうたん》を這いずりながら自分の部屋の扉を開け、階段の上まで出た。立ち上がって歩こうにも、膝《ひざ》がガクガクして力が入らないのだ。

ほどなくしてパトカーのサイレンがけたたましく聞こえてきた。と、同時に階段の下にはクリスの姿。

「クリス！」

ぺったりと座りこんだまま恐怖の涙と汗にまみれて放心している私。クリスが階段を三段跳びで駆けあがってきて、私をしっかりと抱きしめた。

「もう大丈夫。もう大丈夫だからね」

これ以上は張れないほどの緊張の糸がプッツンと切れ、しゃくりあげて泣きつづける。ジョイスもお使いから帰ってきた。門をくぐろうとして「容易ならざる事態」の発生に驚いて、なぜか車を門で乗り捨て、走って帰ってきたのだ。

「オウケイ、ユーコ。エブリシング・イズ・オーライト」

クリスにしがみついて震える私の身柄を引き受け、ジョイスが背中をなんどもさする。クリスはニコへの連絡と警察の対応に階下に降りていった。

事の顚末《てんまつ》はこうだ。

クリスが学校から友達の車で帰ってくると、玄関をたたき壊そうとしている男の姿が見えた。クリスはそのまま車寄せの木立を、男に気づかれないようにガレージのほうに回り、ファミリールームに飾ってある二コの猟銃を取りだした。弾をこめ、再びガレージから外に出ると、空にむかって三発、引き金をひいた。私が聞いた破裂音はこれだった。それを聞きつけた近所が警察に通報。銃声に仰天した男はすぐさま車に乗って逃げようとしたが、すでにパトカーが到着、あっさりと逮捕された。これが起こったことのあらまし。けれども、私も、クリスもジョイスも、あの男が誰なのか、なぜ私を襲おうとしたのか、背景がさっぱりわからない。ベイリー家全員が警察に事情を聞かれたが誰も心当たりのある者はいなかった。

数日して、警察がやってきた。こういうのを出来過ぎというのだろうか。なんとパーティでのバカ騒ぎについて私に延々とお説教をしたスタスキーとハッチのふたりだ。平和なハートランドの町がアナタがやってきてもうメチャクチャです、とまた怒られるのか。ところが、先日とはうって変わっていかにも包容力に満ちた笑みを浮かべ、スタ・ハチは意外な事実を教えてくれた。

金髪の男は二十三歳。最近ベトナム戦争から帰ってきて恩給で暮らしている。住居はちょうどベイリー家の裏の湖の対岸あたり。一人暮らし。淡々と事実を並べたスタスキーはちょっとそこで言葉を切った。

「いいですか、あまり興奮したり、おびえたりしないでください」

そう前置きをされると身体がかまえる。

「彼は、湖の対岸から毎日かなりの高感度の望遠鏡をつかってアナタを見ていました」

へっ？

「アナタがピアノを弾いている姿を毎晩見ていた、と本人は言っています」

スタ・ハチは現場検証でもするように、ピアノの置いてある場所に私を座らせた。

「そこから対岸の家の灯が見えるでしょ」

言われてみるとたしかに遠く、うっすらと、家のこぼれ灯がちろちろと見える。

「彼は、向こう側からアナタを見ていました」

「そしてある日、アナタがアジア人で、このベイリー家にもらわれてきた、という噂《うわさ》を聞いたと言うんです」

いつのまにか隣に立っていたジョイスが眉《まゆ》をひそめる。

アメリカではベトナム戦争が終わった直後から、親を失った戦争孤児をベトナムから養子に迎える家庭が増えていた。昨日まで戦っていた敵国の子供を、まるで自分たちの罪を洗浄するかのように、迎えいれ、ほおずりして写真におさまる人たちが、連日新聞の一面をかざっていた。

「彼はアナタがベトナムからもらわれてきた。そう思いこんだわけです」

いつしか男は私が「アメリカ人の家にとじこめられ、虐待されている」という妄想にとらわれていった、という。

「それで、彼はあの日、アナタを救いだそうと、車で待ち伏せ、ここに侵入をはかったのです」

私は言いようのない複雑な気持ちに沈んだ。ジョイスは涙をためている。

「彼は逮捕されるときにこう叫びました。シー・ゴウズ・トゥ・ヘブン・ウィズ・ミー！」（彼女は僕と一緒に天国に行く！）

男の車からはドラッグとナイフが見つかった。本気だったのだ。

ベトナム戦争は私の宇宙からかけ離れていた。同じアジアの国の戦争に、それなりの想像力をはたらかせるには子供すぎた。アメリカにやってきてからも、変わらずベトナムは遠い世界での「お話」だった。ジェフが軍隊にいた、と聞いても現実感がともなわない。ジェフはベトナムでのことをいっさい私にも家族にも話さない。ベトナムで何があって、何を見て、何をしてきたのか。ひと言も話さない。見ず知らずの男に殺されそうになって、それがベトナムで起こった悲劇の延長であるらしいことを聞いて、私とベトナムが少しだけかすった。言いかえれば、私がはじめてアメリカという国のかかえる「事情」に触れた、そんな事件だった。

スタ・ハチによると、男は精神病院に収容され、麻薬とノイローゼの治療を受けている。彼はバックフラッシュと呼ばれる幻覚に悩まされていて、次々と彼を襲う恐怖の記憶をやわらげるために麻薬を常習していた。

「たくさんのベトナム人を殺した。だから僕は彼女を救ってやりたかった」

そう泣きながら暴れた男の様子を聞いていたジョイスが言った。

「ダッツ・イナフ！」（もうじゅうぶんよ！）

彼女もまた、ジェフのベトナムでの様子を想像し、ひどく傷ついているようだった。

「ダッツ・イナフ！」

アメリカじゅうがあの頃、そんな気分に満ちあふれていたように思える。

第10章
いつまでもオトコとオンナ

ある朝、ジョイスが消えた。

「タイム・トゥ・ゲットアップ！」

という、ジョイスの歌うような叫ぶような陽気な「起きなさーい」が、今朝は聞こえないな、と思いながらキッチンに降りていくと、アンディが一人でシリアルの箱をカウンターに並べている。

「おはよう。ジョイスは？」

シリアルの箱は棚の一番上に置いてあるので、ねぼけまなこで脚立によじのぼっているアンディは危険このうえない。彼がお菓子がわりにむさぼらないように、との配慮から棚の一番上にシリアルは隠されているのだが、なぜか今朝は当然の仕事のようにせっせと箱をならべ出している。

「アンディ、ね、ジョイスはどうしたの？」

「知らないよ」

つづいて冷蔵庫から牛乳のガロンびんを出しながら、彼は事もなげに答える。自分用のお皿とスプーンだけをさらに棚から出し、アンディは「世界でもっとも愛している」七色の砂糖にくるまれているシリアルを食べはじめた。

いつもならそろそろジョイスのいれたてのコーヒーがぷうんとかぐわしい朝の匂いを運んでくるはずなのに、なんだか味けない。しょうがないから私がコーヒーメーカーに豆を入れてひく。水をそそいでスイッチを入れたところに、レスリーとクリスが起きてきた。

二人とも普段どおりに各々好みのシリアルを食べはじめる。

「ねえ、レスリー、ジョイスはどうしたの？」

「あれ、いないね。そう言えば」

レスリーもクリスもべつだん気にもしていないふうだ。

コーヒーができた。ポットから自分のカップにつごうとして、ちいさなメモを見つけた。

「今日は昼のお弁当を作れないので、これで学校のカフェテリアで食べてください」

クリスと私に宛《あ》てたメモには二ドルが添えられていた。

「クリス、ジョイスが今日のランチは作れないって。ほら、私とあなたに一ドルずつ」

黙ってクリスは受け取る。なんだか妙な感じだ。

ははあん。またジョイスはストライキにはいったのか。

私がベイリー家にやってきてから、ジョイスが部屋に閉じこもってストライキを決行したことが二度ほどあった。とにかく一日じゅう一歩も部屋から出てこない。トイレもシャワーもついている寝室だから不便はないのだろうが、困るのは食事を作ってもらえない私たちである。無精者で、あきらかに依存体質の子供たちは誰ひとりとしてキッチンで腕をふるうことはしない。テーブルセッティングやあとかたづけは分担が決まっているから問題はない。が、ベイリー家の娘、息子は、料理上手なジョイスにすべてをまかせてそれを学ぼうとはしないのだ。

前回、二日におよぶストライキを断行されたときは、私の虎《とら》の子「サッポロ一番（塩味）」をやむなく夕食に供出した。レスリーは生まれてはじめて口にするインスタントラーメンに興奮し、キャベツと冷凍のエビを具として入れることを提案、これが目も覚めるほどに美味《おい》しかった。以来、ベイリー家は私の「サッポロ一番」を虎視眈々《こしたんたん》と狙《ねら》っている様がうかがえる。なんたって人数が多いからアッという間に一ダースくらいの虎の子がなくなってしまう。

だから今朝もジョイスがいなくて、最初に頭をよぎったのは「サッポロ一番」があぶない！　であった。

ニコが起きてきた。

過去二回のストライキはニコとの喧嘩《けんか》が原因だった。夫婦喧嘩だ。だいたい夫と喧嘩したからといって子供たちの世話まで放棄するとは。たぶん日本の典型的なおかあさんは、表面だけでもとりつくろうし、ましてや二日も部屋に鍵《かぎ》をかけて閉じこもるなんてしないだろうに。それをジョイスは平気で断行する。無邪気なのか、あけすけなのか。それとも正直なのか。まったくアメリカ人なんだから。そう私は思ってタメ息をついていた。今日のニコは、しかしどこか喧嘩のあととはちがう。たいがい寝室を追い出されると、そこら辺のカウチで寝ているはずなのに、まぎれもなく今朝は二階の寝室から降りてきた。機嫌も悪くない。自分でコーヒーをつぎ、新聞をとりに鼻歌まじりに玄関に向かう。どうもやっぱり様子がおかしい。単なる喧嘩ストライキではないようだ。真相を解明するには朝は忙しすぎる。私もコーヒーをすすりながらの詮索《せんさく》をやめて、大あわてでスクールバスの停留所に走った。クリスも今日は友達の迎えがないらしく一緒にバスに乗る。

「クリス、ねえ、ジョイスはほんとうはどうしたの？　ねえ」

しつこくバスのなかでたずねる。

「知らないよ。どうせまた自分の部屋でシクシクやってんじゃないの」

やっぱり今日は「サッポロ一番」の日になるのか。

その日、帰宅した私を待ち受けていたのは、週に一度の掃除をしにやってくるルビーおばさんだった。例の私が「襲われそうになった」事件以来、ベイリー家では誰か必ず留守番を置くことになっていた。

「ルビー、ねえ、いったいジョイスはどこにいるのよ。教えてよ。さっき寝室をノックしたけれどなんの返事もないのよ」

それこそ正直者のルビーは困ったな、という表情を隠しきれず、ささやくように私の耳元に口を近づけてこう言った。

「それが……私にもよくわからないんですよ。昨日電話をいただいて、今日はきちんと夕食も作って欲しいとジョイスに言われているんですよ」

ストライキの効果を高めるためにも、絶対に他に料理ができる人間を手当てなどしないのがジョイス流だ。飢えたる子供たちが束になってニコに謝罪を要求する結末を、誰よりもよくわかっているからだ。それがルビーに夕食を作れと言ったのはまことに不可解。私は直感として、今度のジョイスの不在は長くなるな、と思った。でもなぜかはわからない。

夕食のテーブルはいよいよ変だった。ルビーの作ったチリビーンズとサラダはお世辞にも美味しいとはいえない。それをジェフもジェッダもレスリーもローリーもクリスもアンディも、ことさら楽しそうに快活にたいらげる。いったいこの人たちは何を私に隠そうとしているのか。ジョイスはどこに行ってしまったのか。

なんど聞いても満足な答えをしてくれないベイリー家の人たちに、私は初めてスネた。ハイハイどうせ私は「ヨソ者」でしょうから。

そんな気分と沈黙のなかで、信じられないことに四日が経った。私は自分が感じていた以上にジョイスが恋しくて、ベッドにはいってからけたたましい涙を流した。アメリカに来てから初めて自分のこと以外で神様に祈った。どうかジョイスが早く帰ってきてくれますように。

祈りは通じた。次の日。学校から飛ぶように帰ってくると（ジョイスが消えてからなぜか毎日一目散に家に帰るようになった）、まぎれもなくジョイスがリビングルームの椅子《いす》に座っている後ろ姿が見えた。

「ジョイス！」

とてもじゃない嬉《うれ》しさがこみあげて彼女に飛びつこうとして私の足が止まった。ジョイスの顔は無残なほどに赤く腫《は》れあがり、親しく日常を共にしている者でなければ、その人がジョイスとはわからないほどに変わり果てていた。

ジョイスのかたわらにいたレスリーが私を押しとどめた。

「ユーコ。実はね、ママは手術をしたの。だからこんな顔になっちゃったんだけど」

お化けのような顔にひるんだ私を見て、ジョイスはしぼりだすような声で言った。

「だから、ユーコには受けいれられない、って言ったでしょう。ユーコはこんな顔を受けいれられるほどにはベイリーの家の人ではないのだから」

ガーンとすべてが混乱する。まず、なぜこんな醜い顔にジョイスがなってしまったのか。それがわからない。それから、たった今、ベイリー家の人とはジョイスに対する感情が違うと言われた、ショック。この家は、血がつながっていようがいまいが関係なく、あらゆる人を両手を広げて迎えてきたではないか。それを突然、私だけはやっぱり「ヨソ者」扱いなのか。ショックと悲しさで二階の部屋に駆けあがった。皆、知っていたのだ。なぜ私にだけほんとうのことを隠そうとしたのか。ジョイスの手術とはなんなのか。孤独ならぶれた気持ちとくやしさで、私は壁に枕をなんども投げつけた。

ジョイスが部屋をノックした。どういう顔をして話をしていいものか混乱したままの私は、三回目のノックまでドアを開けようとしなかった。

少しだけ、おそるおそる開けたドアの向こうにはいぜん奇怪な顔をしたジョイスがいた。

「ちょっと話がしたいんだけど、入っていい？」

無言のまま私はベッドに横座りになってジョイスの言葉を待った。

「ユーコ、あのね、わたし整形手術をしたの。つまりもっときれいな人になりたかったのよ。もうそこらじゅうシワばかりで、これ以上オバアサンになったら恥ずかしくてやっていけない、そう思ったのね。だから、顔の皮膚をはがして新しい顔になる手術を受けたのよ」

ジョイスは最初から美しい人だ。自分の母に比べても天と地の差があるほどの容姿だ。そうずっと思っていた。目鼻立ちもくっきりと上品にととのっていて、やや赤みのある豊かな巻き毛は彼女をいくつも若く、華やいで見せている。ほっそりとした手足。グラマーな胸元。どう考えても彼女が整形手術をする理由が見当たらない。それが、何を気に病んだかは知らないが、顔の皮膚をすべてはいでしまう荒ワザにでたのだ。

「ユーコはこんな気持ちわからないでしょう。気持ちの悪い顔になってこれからどうなるのか。アナタにはこんな私を見せたくない、こんな愚かな手術をする自分を正当化したくなかったのよ。だからアナタにだけはなにも言わずに病院に行って……ゴメンナサイ」

私には答えるべき言葉が見つからず、無言のままジョイスの告白を聞いた。どう理解するべきなのか。ひとつとして答えとなるよすがない。無言のままの私を残してジョイスは部屋を出ていった。

土曜日は私とレスリーにとってこの上ない労働が待っている。すべてのベッドのシーツと枕カバーを替えてまわるのだ。ベイリー家のすべてのベッドを面倒見るためにはゆうに三時間はかかる。全部で二十にもなるベッドのすべてを交換し、新鮮な空気とともに眠りに落ちてもらうためにはいろいろと作業がある。だいたい朝の九時には作業を始める。でなければ貴重な週末の午後までもベッドメーキングで費やさなくてはならなくなってしまう。

ニコとジョイスの寝室のベッドで作業しているときだった。私が何かのはずみで、ベッドの下にもぐりこまなくてはならなくなって、一瞬息をのんだ。そこには、『ペントハウス』やら『プレイボーイ』やらの女体ヌードばかりが誌面をかざる、いわゆる「ヨロシクナイ」本ばかりが積みあげてあったのだ。私はけっして見てはいけない、ニコとジョイスの禁断の園を目《ま》の当たりにしたバツの悪さに顔を赤らめてレスリーを見やった。

「ユーコ、なにかあったんでしょう」

楽しげに問うレスリーはずーっと前からそんなことは百も承知なのだろう。

「ううん、べつに」

そう答えるのがやっとの私は自分がうろたえているのを恥じながら、生々しい男女の営みを盗み見たような緊張で口のなかがカラカラになっているのがわかった。

ニコとジョイスはまぎれもなくオトコとオンナなのだ。性別ではあたりまえの事実なのだが、存在としての男と女。父と母としての機能をはたしているだけではない、という事実。

突然思いだした。あれは私がデトロイト空港の床の染みになる寸前を拾われてベイリー家に向かう車中。ニコの運転するオールズモービルのケタはずれの豪華さと大きさに衝撃を受け、しばし言葉を失ってビロード張りのシートをなでまわしていた。そのとき、ふっと前の席をのぞきこんでまた衝撃の一発をくらった。座席の真ん中にあるダッシュボックスの上に、なんとニコとジョイスの手がしっかりと重ね合わされていたのだ。ニコは左手でハンドルを握り、右手でジョイスの左手をそっとつつみこむように握っている。私の目は瞳孔《どうこう》がみるみる拡大し、そのむっちりと合わさっているふたつの手に釘付《くぎづ》けになった。いい歳をした大人がこんなことするなんて。それも日本からやってきたばかりのヨソ者の前で。

両親となる人たちがたかが手を握り合っていたくらいで、そのときの私はものも言えぬほどに驚いた。日本の親の関係性のなかではけっしてありえない、いつまでたっても「ワタシタチはオトコとオンナ」のニコとジョイスを見せつけられた気がした。

ジョイスの顔の手術跡は、二週間もするとウソのように美しくよみがえった。想像しただけで身震いがでるような荒ワザ手術はどうやら成功したらしい。さらなる若返りを果たすべくバッサリとショートカットにしたジョイスはすこぶる機嫌がよろしい。美しく生まれ変わったという自信のなせるワザか、一段と陽気なジョイスがもどってきた。

「タイム・トゥ・ゲットアップ！」

今朝も階下からは歌うような号令が聞こえてくる。

「ハイ、今日の昼御飯」

ジョイスが手渡した茶色の紙袋をのぞく。やっぱりピーナッツバターと苺《いちご》ジャムのサンドウィッチだ。他にはりんごがひとつ。昨日とまったく同じ。ま、いいか。教科書の上にそのランチバッグをのせて走りだす。

「バーイ！　ハブ・ア・ナイスデイ！」

背中に聞こえる声に振り向くと、コーヒーカップを手にしたニコとジョイスが互いの背中に手をまわしてピッタリと寄り添って玄関に立っている。

いいではないか。いつまでもそうやって仲よくしていてください。ずっとオトコとオンナでいることはけっこう大変なことなのだ。なんたってジョイスは、ニコのために美しくありたいと顔の皮まではいだのだから。またジョイスのたてこもりもあるにちがいない。

「バーイ！」

ふたりに心からの敬意をこめて大きく手を振った。

第11章
大統領選とミンシュシュギ

テレビで不思議なコマーシャルが流れるようになった。

作業服にヘルメットの男性がひよこを胸に抱き、にっこりとする。ただそれだけの映像にコメントがつく。

「彼がアメリカを建てなおす」

そして字幕が出る。

「ジミー・カーター。フォア・ザ・プレジデント」

このコマーシャルが流れると、ニコが目に見えて不機嫌になるのだ。ひどいときはテレビを消してしまう。いったいどうしたことか。

他方、ジョイスはこのコマーシャルが気に入っているらしく、テレビにむかってガッツポーズをしたりする。ニコがその場にいれば、まちがいなくふたりの口論が始まる。

ニコは共和党の支持者で、ジョイスは民主党なのだ。普段、ときには目にあまるほどベタベタしているふたりが自分の支持する政党のこととなると火花を散らす。「こんなアメリカになったのはすべて泥沼化したベトナムから足を洗わなかった民主党が悪い」。そう主張するニコはこのことに関してはまったくとりつく島がない。片やジョイスは「共和党は金に目がくらんだハゲ鷹《たか》集団。病んで、傷ついているアメリカのほんとうの〝被害者〟を救おうとしない」と、これまた一歩もゆずらない。食事の席ではそういうナイーブな話はしないことになっているベイリー家にとって、食後のおだやかな団らんにテレビから流れるジミー・カーターのコマーシャルは皆に緊張感を運ぶ。またニコとジョイスの激論が始まるのではないかとビクつくのだ。

夫婦が政治の話で真剣に対立する光景は驚きだった。今度の休暇にはどこに出かけるのか、とか、裏庭のトランポリンのスプリングが古くて危ないから修理するべきかどうか、とか、新しいスノーモービルを買うべきかどうか、とかごく日常の「話しあうべきことがら」と政治の話がまったく同じレベルで語られる。子供たちは自分に関わる議題にはすすんで口をはさむが、政治の話には聞こえないふりをきめこむ。

まだ小学生だったころ。選挙の投票に行く母にくっついて出かけた。投票所になっているのは自分の通っている小学校。母が投票の列にならぶ間、同じように親と一緒に来ている同級生と校庭でウマ飛びをして遊んで待っていた。ほどなく同級生のおかあさんと肩をならべて母親があらわれた。私はよい子の見本になるべく、カヨコちゃんのおかあさんに駆けより挨拶《あいさつ》をした。ふと横を見ると、そこには選挙ポスターの掲示板。私は元来のお調子者ぶりを発揮してカヨコちゃんのおかあさんにすかさず聞いた。

「このなかのどの人にトウヒョウしたんですか？」

この後にやってきた沈黙の時間は、子供心に異様なまでに重苦しかった。

「まったくすいません。失礼なことを」

ひたすら頭を下げる母に腕をわしづかみにされて、ひきずられるように学校を出た。怒ると毎度のことながらプリプリした無言状態がつづく。私には何が悪かったのかわからない。まちがいなく、母の虎《とら》のシッポを思いきりふんづけてしまったようだ。変わらずの沈黙に耐えかねて聞く。

「ねえ、私なんか変なこと言った？」

怒りをしずめるためには好物の甘いものを買うのがこれまた定石の母は、学校からまっしぐらにめざしてきた和菓子屋さんの店先でくるりとむきなおり、きわめて重大な口調で言った。

「選挙で誰に投票したなんて誰にも言ってはいけないの。たとえ家族にだってそんなことは打ち明けないものです！」

選挙は秘密。投票は個人の秘密。誰にも言っちゃあいけない重大な秘密。どういう理屈でそうなのかは教えてもらえなかったが、とにかくそういうことらしかった。

報道の仕事をするようになってからもしばしばこのときの母の言葉が思いかえされた。で、ちょうど私と同い歳の男性にこの話をしたら、「そうそうオレもまったくおなじことをオフクロから言われたよ」と言う。「なんでだったんだろうねえ」と一緒に昔をなつかしみながら盛り上がった。どうやら、私の母くらいの世代は一様に、アメリカからやってきた「戦後民主主義」の尊厳を、理屈抜きに、新しい「お行儀」のようにたたきこまれたようだ。

民主主義の原則は一人一票の政治に参加する権利にあります。と、大学の政治学の最初の時間に定義を習った。それは誰にも等しく保証されるべきもので、個人の意志はどんな力にもおびやかされてはならない。とも教えられた。

母が「誰にも言ってはいけない」と声をひそめて訓戒したのは「誰かに自分の選択を言うことによって、他人の意志に影響をおよぼしたり、もしくはおよぼされたり」しないためだったのだろう。この「なぜ」の部分を説明してくれなかったのは、たぶん母にもよくわかっていなかったからではないか、と思う。件《くだん》の男性の母君も「なぜ言ってはいけないか」は教えてくれなかったという。

民主主義を運んできたアメリカの家族は、個人の意志を隠すどころか、つねに堂々と主張しあっていた。

ジミー・カーターのコマーシャルが流れ始めたころから、ベイリー家を大学生がひんぱんに訪れるようになった。だいたい夕食のあと、皆がファミリールームの暖炉をかこんで寝っころがっていると、ドアのチャイムが鳴る。客人の応対はアンディの役目なので、犬のサムと走ってドアを開けに行く。やってくるのは男女とりまぜての大学生。思いっきり愛想のよい口調で、来《きた》る大統領選挙にむけての勧誘を始める。アンディにとりつがれてジョイスかニコが相手をする。彼ら大学生はいずれも共和党か民主党のボランティアで、投票権のあるベイリー家の人たちに「ぜひとも我が党に」とそれぞれが勧誘するのだ。

アメリカの大統領選は、まず投票をするために自分が共和党なのか民主党なのかを登録する。これをレジスターといって、両陣営ともに一人でも多くの党員を確保するところから選挙が始まる。そのために、まさに「ドアからドア」のローラー作戦で党員を勧誘する運動を「キャンバスィング」と呼ぶ。

ジミー・カーターを大統領候補の一人としている民主党を支持するジョイスは、もちろん民主党に登録する。ニコだって負けてはいない。さっそく共和党に登録をし、おまけにキャンバスィングにやってきた女子学生に熱いコーヒーまでふるまっている。

態度をずっと曖昧《あいまい》にしたままでいるジェフはドアのチャイムが鳴るやいなやガレージの

車の下にもぐりこんで出てこない。レスリーは双方の話をけっこう真剣に聞いて、未《いま》だどちらに登録するべきか結論を保留している。ベイリー家で投票権のあるのは、今現在のところこの四人だけ。ニコとジョイス以外はまだ中立なので、それから何度もボランティアがやってくることになった。

レスリーは日増しに民主党に傾いていった。高校のときから、病院でのボランティア活動をしていた彼女は、どうしても福祉の充実をかかげる民主党に共感をおぼえるらしい。ジョイスとともに地域の民主党員の集会に出かけていくようになった。が、登録はしていない。そこまで態度がはっきりしているのに登録をしないレスリーはナゾであった。

こたえは、忍耐強くやってくるボランティアにあった。いかにもレスリーらしい。

ボランティアの彼は二十二歳。ジェリー・オブライアン。ミシガン大学からハーバードの大学院に進んで政治学を学んでいる。黒に近いブラウンの瞳《ひとみ》にブラウンの長髪。サラサラの髪をかきあげながら長身をかがめるようにして話をする。レスリーならずともうっとりするハンサムな男性だ。

「ヒー・イズ・ソウ・クール!!」(なんてカッコいいの!!)

ベイリー家には使ってはいけないスラング(俗語)のきまりがある。たとえば、「オーシット!」(クソ!)。なんやかんやとドジをふんだときについ叫んでしまう言葉なのだけれど、これを言うと一ドルの罰金が待っている。「シット」ほどではないにせよ、当時の流行《はや》りだった「クール」も罰金対象だった。日本語の「マブイ」あたりに相当するのだろうか。そういう流行り言葉を連呼するのをジョイスはとにかく嫌った。その掟《おきて》をやぶってレスリーが叫ぶほどジェリーは魅力的だった。

気持ちは通じるのか、レスリーの態度があまりにあからさまなのか。ジェリーはほぼ毎日のように夕食後ベイリー家にやってきた。アンディとサムを押しのけてレスリーが走る。最初は玄関の横のリビングルームでふたり話しこんでいたが、いつしかジェリーはファミリールームにまで権益を拡大した。当然ニコはおもしろくない。ジョイスとレスリーのうれしそうな笑い声を背にさっと寝室に引きあげてしまう。なんだか大統領選がややこしい状況をつくりだしつつあった。

ジェリーは野心家だ。話を聞くうちに、ジェリーがこのボランティア活動の結果としてホワイトハウスをめざしているのがわかった。ワシントンDCになぞ行ったことがないベイリー家にとっては、ジェリーはまさに北極を単独できわめるようなヒーローに映った。

アメリカでは政治の世界をめざすにはいろいろと方法があるが、てっとり早いのは、大統領としてホワイトハウスに入る人物にくっついてスタッフになることだ。そのためには選挙のボランティアとして目立った活躍をして、最終的なスタッフに抜擢《ばってき》してもらう。

大統領が代わればすべてのスタッフが入れ代わるホワイトハウスならではのやり方だ。選挙の下積みから大統領の補佐官にまでなった人物がけっこう存在する。ジェリーは毎晩その栄光を夢みて靴をすり減らしてキャンバスィングをしている。とうとうジミー・カーターの理念と理想を語るジェリーはもうすでにホワイトハウスの一員になったかのように熱く燃えている。ジェリーのかたわらには目をハートにしたレスリーが、自分もワシントンに住むことになる場面を心ひそかに描いているようだ。

アイルランド出身というジェリーの話は、私にも興味深かった。でもこのミシガンの小さな町とホワイトハウスにはとてつもない距離があるようで、そんな夢がいったい現実のものとなるのか、私には絶望的に思えた。

ジョイスが聞いた。

「ね、ジェリー。大学院のほうは大丈夫なの?」

「ええ、それが辞めたんです」

「辞めた?　ほんとに?」

ハーバードの大学院をヤメタ。正気か?

「このボランティアを始めたのが今年の最初で、もう半年以上も大学院には行っていないんです。これからはもっとジミー・カーターのそばにくっついて働くようになるので思いきって辞めたんです」

ドヒャーだ。ジョイスも何かを言いかけて口をつぐんでしまった。だって、ジミー・カーターが大統領になる保証なんてどこにもない。ましてやジェリーがあこがれのホワイトハウスのスタッフに選ばれるかどうかだって宝くじものだ。なのにこの人はあっさりと名門大学院を辞めてしまったという。すべての可能性が断たれたとき、この人はどうやって生活をしていくのだろう。それほどまでに彼を選挙活動にかりたてるものはなんなのだろう。野心。それだけなのか。

すっかりジェリーとの将来設計にひたっていたレスリーもはっと目をさます。私は聞きたくてしかたがなかった疑問をジェリーにむけた。

「どうしてそんなにこのボランティアに懸命なの？」

ホワイトハウスに行きたいから。そう答えるはずのジェリーはじっと目を伏せて考え込んでいるようだった。そして、

「今自分が何もしなかったら、これからの四年間、自分は何も言える資格がないと思うんだ。だから……」

と、きっぱりと答えた。今、何も選挙に関わらなかったら、この先の四年間、新しい政権に文句は言えない。そう言った。ハンサムなだけの野心家ときめつけていた私は、あらためてジェリーをつくづくながめた。これほどに容姿や頭脳にめぐまれている人間が、そこまで真摯《しんし》に国の政治を憂えているのか。自分のすべてをなげうって取り組むほどの価値をそこに見いだしているとは。ジェリーの姿かたちとはかけはなれた「芯《しん》」にふれたようで、正直びっくりした。

草の根民主主義。後に自分が報道の世界に入って、大統領選の取材にあたるようになって、たくさんのジェリーのような人に会った。皆、それなりの野心をもっていたりするが、またそれなりに民主主義の、一個人に与えられた権利を信じてまっとうしようとする意志を感じさせた。そのたびにアメリカの底力を見せつけられたような気がした。

ジェリーが大学院を辞めた話をして帰った夜、私は日本の母に手紙を書いた。

「こちらでは誰も、誰に投票するかを隠したりしません。他人を説得するために学校を辞めて、ボランティアをしているひとだっているくらいです。皆、どう考えるのかすごく明るく話し合うのが、こちらでのミンシュシュギというらしいのです」

大統領選ではカーター候補が共和党のフォード候補をやぶって勝利をおさめた。ベイリー家の力の構図はますますはっきりとした。が、ジェリーがその後ホワイトハウスのスタッフになれたのかどうか、ジョイスもレスリーも知らない、という。

第12章
三種の神器――ハートランドで生きるために

　学校の廊下を歩いているとふいに後ろからむんずと抱きすくめられた。えっ誰？　とっさにハワード、ポール、ピーターと日頃からひそかに思いをよせている同級生の男の子たちの顔が浮かぶ。が、世の中そんなに甘いもんじゃない。えっ誰？　とふりむけば、そこにはなんと校長先生。

「ハイ、ユーコ。どう最近は？　授業はうまくいっている？」

　二メートルちかくある大男の校長先生は、眼鏡《めがね》の奥の象さんのように穏やかな目で私をのぞきこむ。それにしても「校長」の威厳というものはこの学校に存在しないのだろうか。後ろからとびついてくるなんて。

　ハートランド高校での毎日は日を追うごとにずんずん楽しくなってきた。それまでの日本の環境との違いに慣れるにつれて私はどんどん本性が丸だしになってきたように思う。

実はもっと喜怒哀楽がはげしくて、言いたいことは言う性格だったらしい。どうも日本では、優秀、勤勉、従順な同級生たちに自分をあわせようとしていたようだ。あんまりにもきわだって異質な存在になることで、自分の居場所を失うのが怖かった。均質でいることが日本では一番波風たたない。

それがどうだろう。この高校には目をむくようなハチャメチャな現実も、信じられないような寛大さも、そして厳しさも渾然《こんぜん》一体となって共存している。

シンディのような、子持ちの生徒が私の知るかぎりでも五人はいる。皆、ふつうに授業を受け、クラブ活動にもあたりまえに参加、活躍している。放課後には、ブラスバンド部の練習部屋が託児所に変身。ブヒャブヒャーと管楽器の野太い騒音のなかで、キャッキャ歓声をあげて這《は》いまわる赤ちゃんたち。なぜブラスバンド部がそういう使命をたまわったのか知らないが、誰かしらボランティアで子供たちの世話を焼いていた。

この無許可託児所に加えて、ハートランド高校には喫煙所がきちんと設置されている。授業の合間の休み時間は十分。ベルとともにタバコの箱をかかえた生徒と先生が中庭の小さなラウンジをめざして走る。喫煙年齢は十八歳からだから、さすがに事情があって「少少長く」学校にい過ぎた生徒のみが堂々とタバコを吸いに走るのだけれど、まぎれて違法喫煙者もけっこういる。先生もとがめるふうでもない。フーと皆オイシソウに煙をはきだし、授業のアレコレを論議したりしている。私もときどきこのラウンジに顔をだしてはタバコをすすめられてからかわれた。一緒にタバコが吸いたかったのではない。珍しいのと不思議さで、彼ら彼女らの会話に耳をそばだてた。

「マリワナのほうが中毒性がないから、タバコはやめてマリワナにするべき」

あるときはそんな会話とも議論ともつかないやりとりが先生と生徒の間で交わされていて、「ついて行けない」と思った。が、議論は真剣そのもの。後にマリワナは合法とする州がでてきたから、あながちくだらない論戦だったわけでもなさそうだ。ともかく、トイレでタバコを隠れて吸う「みじめな犯罪者」はいなかったから、トイレはいつも清潔。現在のようにタバコの害にたいしてそう神経質でなかったころのアメリカだ。

喫煙にたいしての寛大さとはうってかわって信じられないほどに厳しいことは、授業中の「徘徊《はいかい》」。始業のベルとともにすべての教室に自動的に鍵《かぎ》がかかる。誰ひとりとしてそこから理由なくしては出られない。

たとえば、私が突然トイレに行きたくなったとする。まず、その授業の担当の教師に許可をもらって、鍵とパス（通行証）をもらう。だいたい鍵とパスはセットになっていて、その教師の独特な持ち物がパスの役目をする。私がもっとも敬愛したB・J・パックストン女史（家庭科）は、浅間山《あさまやま》の溶岩のような石鹼《せっけん》を彼女のクラスのパスとしていた。彼女の授業中に、教室からなんらかの必然で外に出るためには、その溶岩石鹼のパスと鍵を持っていないといけない。

「B・J！　トイレに行きたいんですけど」

B・J女史の許しが出れば、溶岩石鹼と鍵が渡される。鍵は教室の内側からは常時開けられるようになっているから、そのまま出る。ところが、廊下を授業中に歩いている生徒はすぐに別の教師に見つかる。象のようにやさしいはずの校長すら廊下を警備する一員だ。

「ハーイ、どこへ行くの？　パスは持っている？」

そこで、溶岩石鹼を水戸黄門の印籠《いんろう》よろしくかかげればOKなのだ。教師のパスを持っているのであれば、きちんと許可をもらっての徘徊であることが証明される。それでさっさと用をすませて、パスとセットになっている鍵で教室のドアを開けて席にもどればよろしい。

始業のベルとともにカチャリと教室の四方のドアに自動的に鍵がかかる、そのなんともいえない重圧に慣れるまでに少しばかり時間がかかった。まるで刑務所のようではないか。基本的には生徒は良い子――の性善説をとなえる日本の学校では、たとえ授業時間中であろうとも廊下を歩いていてあやしまれるなんてありえない。授業中に「外へ出ろ！」とたまに先生からお目玉をくらうと、一人校庭でバスケットのシュート練習をしたりしていたものだ。体育の時間に、校庭の裏にあるフェンスの穴から赤坂の街に逃亡して、「アンナミラーズ」で体操服のままレモンパイとチョコレートムースパイを食べて帰ってくる非行もくりかえした。ひどいもんだ。それでもあまりとがめられた記憶がない。先生もすっかり見放していたのか、まだまだのんびりしていたのか。校則でがんじがらめにされていたはずなのに、ドアに鍵をかけるほどのアメリカ並みの緊張感はまったく存在していなかった。

校内の無断徘徊をかたく禁じるのはさまざまな犯罪防止のためだ。トイレでドラッグをやったり、ナイフ片手に喧嘩《けんか》をはじめたり、学校から脱走してアルコールに手を出したりなどしないように、と校則こそないものの生徒はきっちりと行動を監視されている。日本とアメリカ、どちらがよりがんじがらめの環境にあるかといえば、やはりアメリカだったと思う。学校と生徒を取り巻く状況は、日本のそれとはくらべものにならないほど緊張していた。アメリカをすっぽりとおおっていた、ベトナム戦争直後の退廃と虚脱が、そのままミシガンの小さな高校にもよどみ、表面的には屈託のない底抜けの明るさは、じつはそれなりの努力によって保たれていた。

校内の託児所、喫煙ラウンジ、鍵とパス。どれもが、深刻な問題になってしまうことの「芽」を、あえて堂々と表にひきずりだして、つみとろうとする学校側の姿勢であった。隠れてことが大きくなるよりは、そのときの状況を受けいれて対処する。そんなふうに思えた。

アメリカの学校は、私がすごしたハートランドの日々を考えただけでも、日本の学校の

「勉強だけする」場所という概念からはかけはなれていた。もっと直接に社会の生々しい営みとつながっていた。勉強してよい大学に行く、さらにはよい会社にはいる、そのための一つの通過点である日本の高校にくらべれば、アメリカの高校はもうすでにりっぱな「現実の社会」そのものだった。現実の社会だから、よい子もいれば悪い子もいる。結婚している子もいれば、母親だったり父親だったり、アルコール依存症を克服してもどってきたり、ベトナムから帰ってきてまた高校生にもどった生徒もいる。年齢も幅ひろいし、かかえている事情もおどろくほど多彩だ。ほとんどの生徒がそれほど特異な状況を背負っているわけでもない日本の高校は、だからとてものんびりとした陽だまりのように思えた。一大事といえばせいぜい進学の偏差値や模擬試験の点数くらいのものだった。あとはボーイフレンドや友達との人間関係。あたりまえに守られた空間ではなかったか。ハートランドの同級生が大人びて見えるわけだ。

シニアの私が卒業証書を手にするためには、車の免許、タイピング、スピーチの三つの単位が欠かせない。どれも必修科目で、おおかた一年生の夏休みくらいまでには履修している。私にはどれももちろん無縁のものばかり。スピーチのクラスはなんとかベイリー家一丸宣言のもと単位をもらえた。タイピングもけっして上手ではないが一応の技術は身に付けて終わった。シニアの宿題はほとんどタイプして提出しなくてはならないので、必要に迫られる状況も手伝って修得は意外に早かった。それでも間にあわないときはクリスが代行をかってでた。彼が「吐くほど」嫌っている数学の宿題を私におしつけ、その謝礼としてタイプをしてくれるのだ。私も苦手な数学に取り組むわずらわしさを考えると、時間がかかっても自分でタイプしたほうがなんぼか楽なので、そのうちクリスの出番はなくなった。残るは運転免許だ。

公共の交通機関がまったくないハートランドで一人前の機動力を確保するには運転免許がどうしても必要だ。学校の行き帰りは「ザ・ズー」(動物園)と蔑称《べっしょう》される黄色のスクールバスがある。が、このバスに頼っているかぎりは自由な放課後の時間が楽しめない。友達とぞろぞろ歩いて、駅前のあんみつ屋さんに寄っていくなんてハートランドの田舎《いなか》ではありえない。最寄りの駅がない。地下鉄もバスもないのだから駅があるはずもない。住民は皆自家用車か、誰かの車に便乗するしか移動の手段がない。あとは自転車。冬場はスノーモービル。そして徒歩だ。

中学から高校と、東京のど真ん中に位置する学校に通っていた私は、どこへでも電車や地下鉄、バスを乗り継いで縦横無尽に移動できるのがあたりまえ、と思っていたから、ハートランドの不便さにはア然とした。

学校帰りに、他人の迷惑おかまいなしにぞろぞろと集団で道を占領しながら駅に向かう。

ペチャクチャ、ガヤガヤ、ピーピーワーワー、中学生の一団はかまびすしい騒音をまき散らしながら進む。そして誰の合図か、飯田橋《いいだばし》をそのまま通過して一団は神楽坂《かぐらざか》をめざす。行く手には「俵屋」さんという、老舗《しにせ》の甘味屋。寄り道、買い食い、一切禁止のはずが、集団は迷うことなくのれんをくぐる。お雑煮、磯辺餅《いそべもち》、あんみつ、クリームみつまめ、ところてん。セーラー服のリボンを短くたたみ（汚さないように）旺盛《おうせい》な食欲でもりあがる。その間もペチャクチャはとまらない。些細《ささい》なことで花火がはじけるように笑い、いくつもの秘密を共有した。

「ね、あの英語のトマト、きいた？」

これだけで途端に笑いがはじける。話題は英語のY田先生の発音だ。

「トメイトー」

誰かが抑揚たっぷりにまねする。もうおかしくて涙が出てくる。

「トメイトー」

俎上《そじょう》にあがっているY田先生は、こと単語の発音に関しては大袈裟《おおげさ》な抑揚をつけて教えるのだ。その芝居がかった発音練習が皆おかしくてしかたがない。

「トメイトー、カメイドー」

飯田橋を通る総武線に亀戸《かめいど》という駅がある。そこに電車がさしかかるときに流れる車掌さんのアナウンスが、Y田先生の「トメイトー」とそっくりなのだ。

「えーつぎはカメイドー、カメイドー」
「トメイトー、トメイトー」
まったくなにやってんだか。

そんな気ままな寄り道はハートランドの生活スタイルには存在しない。授業が終わると、三十分後には一斉にスクールバスが学校の駐車場から各ルート別に出発する。乗り遅れたり、クラブ活動をするならば、別の交通手段が必要になる。あらかじめ友達の車に乗せてもらう手はずをととのえておくか、家から迎えを頼んでおくしかない。規則正しくもあり、うっとうしくもある。それが自分の車で通学となると、状況は一変する。友達を誘い、ぎゅうづめのマイカーで近くのファストフード店にくりだすのだ。といっても近くにあるのはご存じマクドナルドとデイリーバーンというアイスクリーム屋さんだけなのだけれど。あとは周囲に点在する小さな町らしき繁華街にあるショッピングモールに行くくらい。それでも好きなところに自由に行ける満足感は大きい。

運転免許の教習は、必修単位になっているだけあって、ほとんどの課程が学校内で完了する。いわゆる学科は、通常の授業として先生が教える。実地は学校の駐車場をつかってこれまた先生が教える。あとはちょっと町に出て、縦列駐車と一般道の走り方を練習する。

それがＯＫになれば、州の試験場でペーパーテストを受けるだけ。じつにあっけない。費用も全部で七ドルくらいのものだった。当初の予定では学校が始まる前に夏休みを利用して免許をとるつもりだった。ところがジョイスの差しがねでテニス部の球拾いになってしまったから予定が狂った。結果として新学期、前期の終わりスレスレになってやっとクラスに入ることができた。が、留学早々のあの英語力では車に同乗してくれる先生の命さえおびやかしかねなかったので、それでよかった。にもかかわらず、実地教習を「へん、カンタンなもんだわ」と意気揚々と終え、ペーパーテストにのぞんであらためて自分の英語力に絶望した。

見事に落ちたのだ。試験場へ送り迎えをしてくれたジョイスが不合格の知らせにうなだれていた。またベイリー家一丸学科試験成就のための応援によって、それから二週間後に私はミシガン州のドライバーズライセンスを手にした。

日本のテレホンカードくらいの大きさの、ビニールコーティングされた運転免許証。私にはこれがハートランドの住人になった証《あかし》に思えた。アメリカの社会のなかで、パスポート以外の身分証明を持ち、ひとり車を駆って動きまわれる。いたるところでかけられたどの「ウエルカム！」の言葉よりも、この小さな一枚のプラスティックカードが、私にはこの社会にほんの少しではあるものの確実に受け入れられたことを実感させてくれた。

運転免許証を渡されてふっと気がついた。スピーチもタイピングもそして運転免許証もこのハートランドの社会で生きていくには欠かせない。言うなれば三種の神器なのだ。自分の考えを他人にどうやったらよりよく伝えることができるか。それをスピーチのクラスは徹底して教えた。タイピングの技術は、この先大学に進学しようが就職しようが、最低限身に付けておかなくてはならない。そして自分の足を確保するには運転免許はどうしてもなくてはならない。この三つが必修の単位とされている意味がはじめてのみこめた。学校は社会そのものとがっぷり四つに組んで教育をし、なおかつそこを巣立つ生徒には、社会生活にどうしても必要となる技能だけは最低身に付けさせる。彼女とのドライブに格好いいから免許証が必要なのではなく、ここでは生活の手段としてなくてはならない。むずかしい数学の方程式よりも生活の手段。アメリカの高校はやっぱり学び舎《や》としての温室ではないのだ。

ジョイスは首を縦にふらない。運転免許をもらってすっかり有頂天の私は、明日からは自分で車を運転して学校に行きたいと懇願した。車寄せに置きざりにされている車が山ほどあるのだから、よもや「ノー」と言われるとは思わなかった。

「クリスと一緒に行くなら古いコルベットを使ってもいいわ。そのかわり運転はクリスにさせること！」

クリスと一緒に行くということは、帰りも一緒。そんなあ。で、私が運転しちゃいけな

いならいつまでたっても慣れないじゃない。ふくれる私にジョイスは、

「そんなにクリスと一緒がいやならハワードに迎えにきてもらいなさいな」

きなすった。ハワード・ダルトン。ハートランド高校きっての美形オトコ。大金持ちの子息だと皆ウワサする。同い歳のローリーがずーっと熱をあげている。ユーコの好みじゃないもんね、とローリーがしょっちゅう牽制《けんせい》してくるもんだから「べつに」と言っておいたが、さすがジョイスは見抜いていた。最近ちょっとあこがれている。ハワードに。

第13章
まったく〝スタック〟な冬

目をあけると辺り一面が真っ白の雪景色。湖からさしこんでくる太陽の光がいつになくまぶしい。窓に額を押しつけると、小さな雪の結晶がガラスに無数にはりついている。ひんやりと、澄みきった空気がガラスを通しても伝わってくる。裏庭のトランポリンにも雪化粧がほどこされ、昨日まで乾ききって淋《さび》しげだった木々もすっかり真綿にくるまれている。なんてきれいなんだろう。すべてが白い世界にうもれて音ひとつしない。

日曜日の朝。いつもなら「いつまで寝てるのよ」と、隣のレスリーがドアを蹴破《けやぶ》るように侵入してくるのに、今日は物音ひとつしない。かしましいベイリー家がそのまま雪のなかに埋まってしまったようだ。

ガレージが開く音がする。こんな雪の日に誰かが出かけるらしい。Tシャツにジーンズをはいてキッチンに降りていく。

私がアメリカに焦がれた重要な事実がここにある。『名犬ラッシー』を見ても『ベンケーシー』を見ても、そこに登場する人々が真冬でも半袖《はんそで》のセーターという、きわめて軽装で、冬の寒さとはまったく無縁の快適生活を送っている様が描かれていた。かたや、その夢のような生活ぶりをテレビでじっと見まもっている私は、コタツに奥深く身体《からだ》をねじこみ、時折石油ストーブに手をかざしにいくほどの寒さをかこっていた。セーターの上に祖母が縫ってくれた綿入れをはおって、それはそれは寒さとの真剣勝負であった。家のなかであるにもかかわらず、コタツからトイレに行かねばならないときはもう地獄。エエイ、と自分をふるいたたせて、なお寒い廊下をトイレにむかう。頭をよぎるのは、たとえ冷たい嵐が吹き荒れようとも、家のなかは半袖一枚で蝶《ちょう》のようにふるまえるアメリカの家の快適さ。どうやらアメリカには「セントラルヒーティング」なるものが存在していて、どんなに凍えるような朝でも労なくフトンをはねのけて起き上がれるように家じゅうがヌクヌクと暖かいらしい。目がさめたその瞬間から快適そのものの空間が約束されている。私だって、そんな環境で寝起きできるのなら、一度たりとも「もういい加減に起きなさい!」という母の叱咤《しった》を受けずとも「グッドモーニング」と鼻歌まじりに起きていくにちがいない。アメリカに行きたい! 切実にそう心に誓わせたのは、じつはあの冬の日本家屋の寒さだった。

そして今、雪化粧の裏庭をじっくりと眺めながら、Tシャツに袖を通す自分がいる。ベイリー家は、噂《うわさ》で聞いたセントラルヒーティングがあたりまえに機能していて、夜も暑いくらいに空調がととのえられている。まさに「ウッシシ」である。アメリカに暮らしている！　そのことの実感をしみじみとかみしめる瞬間。

驚いたことにベイリー家の全員がキッチンではなく暖炉のまわりに集合している。けっきょく寝坊したのは私だけ。キッチンには、休日の定番の朝ご飯、ワッフルを焼いたあとがしっかりと残っている。いつもなら強引なまでに起こすレスリーにうらみがましい目を送る。

「ユーコ、ちがうのよ。今日はね、デビーが帰ってくるの。みんな興奮しちゃって早くから起きていたから。だから起こすのはかわいそうだったの」

突然デビーが帰ってくることを知らされた。デビーとは、ベイリー家の二番目の娘、デボラである。彼女は、ベトナム戦争の末期に突然大学を辞め、フィアンセとアジアへの放浪の旅に出たままになっていた。ジョイスの言葉を借りれば「無常観にさいなまれているだけ」で、「いつ帰ってくるやら、帰ってこないやら」という。ベイリー家きっての秀才なのに、結婚が決まっているスティーブとバックパッキングを背負ってベイリー家をあとにしたまま一年が過ぎようとしていた。そのデビーが帰ってくるのだ。皆、緊張している。

どうりで、雪化粧にひとり感動していても誰も同調してくれないわけだ。彼らにとっては、かけがえのない家族がまた一人この家にもどってくるのだから。

ガレージから出発しようとしていたのはニコとクリス。これからデビーとスティーブを空港に迎えに行こうとしている。ジョイスは、デビーの大好物のミートローフを作るために留守番。なんどもデビーの到着する飛行機の便名をニコに確認する。ニコは変わらず、ちょっとクールにジョイスを抱きしめる。自分も空港に行きたいアンディがたまらずにニコにかけよる。

「パパ、デビーを早くつれてきてね。ボクはずっとずっとデビーが帰ってきますようにってお祈りしていたんだから」

アンディの言葉はそのままベイリー家の気持ちだ。あの、私をはるかにしのぐ朝寝坊のローリーですらすっかり正気で暖炉に薪《まき》をくべている。皆がこれまで目にしたことがないくらいハシャギ、緊張している。デビー、アナタはいったい何者なの。

クリスとニコが出かけていった。こういう雪の日を想定していたのか、それまでは見たこともないような四輪駆動のジープがガレージから唸《うな》りをあげて出ていく。見送ったジョイスが大事な命令を私とレスリーにくだす。

「すべてのベッドルームを掃除して新しいベッドカバーに替えるように」

えっ、でもベッドのシーツ替えは昨日のうちにやったよ。また今日もやるの？

「ユーコ、掃除まではしていないでしょ。今日はしっかりと掃除機をかけて、ベッドの上にかけるカバーのほうの取り替えをやって欲しいのよ」

デビーの部屋には花を飾ることも言いつけられた。なにからなにまで特別待遇だ。掃除の仲間、レスリーを振り返る。さも面白くないというふうに髪の毛をいじくり回している。じつは、私たちはまたもや二週間にわたって外出禁止を言い渡されているのだ。この先いつになったらジョイスの怒りがとけることやら。クリスマスまであとひと月、それまで私とレスリーはずっと掃除とベッドメーキングだけの週末を過ごさなくてはならないのだろうか。

事は三週間前の週末、土曜日の夜に起こった。いつもならボーイフレンドのマイクとさっさと姿を消すレスリーが私の部屋にやってきた。夕食もすんで八時をまわっている。寝っころがって本を読んでいる私のベッドに腰かけ、レスリーがタメ息をつく。

「もうそろそろ雪が降るわね」

「へえ、たくさん降るの？」

「たくさんなんてもんじゃあないわよ。毎日これでもかっていうくらい。車も使えないし、ほんとうにスタックな季節よ」

スタック――はまりこむ。はまりこんで身動きができない状況。レスリーはこれからの雪の毎日をうんざりとそう表現した。

「で、ねね、今夜さ、バーに行ってみない？」

あと何日かすれば確実に家に「スタック」してしまうのだから、今夜はちょっと冒険に出ようという。

「でもさ、私まだ十七歳でしょ。バーには入れてもらえないよ」

飲酒年齢に達していない私は尻ごみする。この辺りに点在するバーはどこも入るときに身分証明書を要求する。友達の話では、ニセの証明書で入りこみ、挙句に泥酔してウソがばれて警察につきだされた「ステューピッド」（おろかな）な生徒がけっこういるらしい。留学生の分際でこれまで二度も警察に厄介になった身としては、もうそんな山《ドジ》は踏めない。

「私は行かない。レスリーだけで行っておいでよ」

「ね、大丈夫よ。私ちょっとした名案があるから」

なおもしぶる私の腕をひっつかむようにしてレスリーは階段を駆け降りる。ファミリールームで毛布をかぶってテレビを見ているアンディに声をかける。ジョイスとニコは隣のジョーンズ家にブリッジをしに行っているという。

「アンディ！　ユーコとちょっと出かけるからね。遅くなるかもしれないから玄関の鍵《かぎ》は開けておいてね！」

外はきりきりと刺すように冷たい空気が澄みわたっている。車寄せの隅に停《と》まっているローリーのボロボロの白いコルベットに乗りこむ。

「レスリーまずいよ、やっぱり。だいいち車で行ってお酒飲んだら捕まるよ」

凍える手にハアーと息をかけながら必死にエンジンをまわそうとしているレスリーは答えもしない。なぜか自分の高級車を使わず、妹のボロ車で出かけるらしい。

「よし！　かかった。レッツ・ゴー！」

車はゴトゴトと走りだしたが、ちっとも暖かくならない。暖房がこわれている。おまけにキャンバス地の屋根が開くようになっている（つまりオープンカーなのだが、この屋根もこわれていて開けられない）ので、屋根と車体のスキ間からピューピューと凍った風が吹きこんでくる。

「寒い」

「大丈夫。もうすぐ着くからね。それでね、いい？　まずはバーの裏口にまわるの。そこからトイレに駆け込む。そしてしばらくしたらビリヤード台のほうに行って一ゲームだけやるのよ。私がそこでビールを頼むから、それをユーコが持って飲みはじめるの。いい？わかった？」

「レスリー、そんなことより私は寒いよ」

「もう、弱虫なんだから。これはゲームなの。いい？　とにかくビールを飲みながら普通にビリヤードやるのよ。ずっとそこにいました！　っていう雰囲気にするわけ」

裏口から入り込み、レスリーが合法的に頼むビールを横どりし、何くわぬ顔でそこに溶け込めという。でも、私は目立つ。なんたってここらではたった一人のニッポン人なのだ。その私がいつのまにかバーにいる、なんて周囲がゆるさない。レスリーは肝心なところを忘れている。毎日一緒にいるせいか、彼女にとって私はもう単なる姉妹のひとりで、はるばる日本からやってきた留学生であるなんて、すっかりどこかへいってしまっているようだ。

「それからね、しばらくしたら、いよいよバーカウンターに移動するの。どう？　名案でしょう」

よくもそこまで周到に考えたものだ。そんなにまでもして私をバーに潜入させたいのか。レスリーはときどきこういう「意味不明」な冒険を私にさせたがる。自分がすすんでその共犯になって、しょっちゅうジョイスに大目玉をくらうのだ。今夜もイヤな予感がする。

コルベットはバーの裏手にある駐車スペースに停まった。とうとうレスリーの口車にのってここまで来てしまった。見慣れない周囲の風景から想像するに、学校があるハートランドとは反対の町にやってきたらしい。ここなら私を知っている人もいない、かもしれない。

毛糸の手袋をはずして、コートを脱いだレスリーがせきたてる。

「いい？　さっと裏口からトイレのほうに行くのよ。グズグズしないでね。私が先に行くからついてきて」

さすがに心臓がバクバクする。もう裏口にむかって駆けだしているレスリーを追う。派手なピンクとブルーのネオンでいろどられた看板がちらりと見えた。

狭く薄暗い裏口をすりぬけ、公衆電話の横のトイレにとびこむ。口ほどにもなく緊張しているのか、レスリーが先に「フー」と大きな息を吐く。

「さて、いい、こんどはゆっくりと一人ずつビリヤード台のほうに歩いていくからね。私が先。百数えてからユーコは出てくるのよ」

レスリーが出ていった。律儀に一から数えはじめたそのとき、トイレのドアが開いて、真っ赤な口紅をぬって、逆毛をたてた髪を高く結いあげた女の人がはいってきた。かなり酔っている。

「ハーアイ！　どう楽しんでるう？」

ふらつく足取りでトイレのなかに消えていった。この女性の出現で、どこまで数をかぞえたのかまるきりわからなくなった。エエイ、もういいや。トイレのドアを押してビリヤード台のほうに向かう。ゆっくり歩けといわれているが、足は猛烈なスピードで回転してしまう。台の奥、ほの暗い隅にもうビリヤードキューを手にレスリーが立っている。目だけで合図をよこす。どうやら私にもキューを取ってこい、と言っている。

ステンドグラスのようなランプシェードがビリヤードに興じる客たちをほんのりと照ら

している。四人でゲームをしているのはいずれも男性で、片手にキュー、一方にはビールの小びんをかかえている。ひとりが吐き出すタバコの煙がゆらゆらとランプシェードに吸い込まれていく。うっすらと流れているのはカントリー&ウエスタン。バーカウンターのさらにむこうには、生演奏用のステージがあるが、今はバンドもお休み、楽器だけが雑然とたてかけられている。カウンターとそのまわりのテーブルは驚いたことに満杯。テーブルに置かれた赤いキャンドルスタンドをはさんで、じっと手を握りあうカップルもいれば、ダミ声を張り上げて笑うオジサングループもいる。が、私とレスリーのような女の二人連れはどこにも見当たらない。

キューを選ぶのを忘れていた。何本も並んでいるが、どれをどう選ぶべきか見当がつかないので、一番短いのを手にとった。のろいうえにキョロキョロしてばかりの私に腹を立てたレスリーがつかつかと歩み寄る。

「早くしなさいよ。そんなに珍しそうにしているとすぐにバレちゃうでしょ」

慣れた手つきでレスリーがボールをセットする。私たちはいつものエイトボールでゲームを始める。さきほどまでゲームをしていた男性四人組も、女二人でゲームをする私たちを興味深げにとりまいている。

「ビア・プリーズ」（ビールちょうだい）

レスリーがとおりすがりのウエイトレスに頼む。もちろん私のためにだ。こんなにたくさんの人が注目しているなかでゲームなどしたことのない私は、頭に血がのぼってボールがよく見えない。まったくお話にならない私のプレーに、四人組の一人が近づいてきた。

「エクスキューズ・ミー。ちょっとばかりお手伝いをしましょう」

髪を肩まで伸ばし、髭《ひげ》をたくわえた、若いのかそうでないのか判別がつかない男だ。いつもジェフが着ているような厚手のネルシャツにジーンズのオーバーオール。つまり、この界隈《かいわい》ではごくありふれた週末スタイル。気を許していいものか、外見からはわからない。見るに見かねての申し出かもしれないが、少々あつかましい感じもする。とにかくバーではあまりしゃべってはいけない、とレスリーから釘《くぎ》をさされていたから、黙って自分のキューを差し出した。私の代わりにレスリーとゲームをしてちょうだい、という意思表示だ。

彼は「ＯＫ」とうなずくとゲームに没頭しはじめた。レスリーのビリヤードの腕前は年季がはいっている。ゲームはどんどん白熱し、一打ごとに、いつのまにか集まってきた人たちから拍手が起こる。裏口からトイレを経てこっそりと入ってきたくせに、いまやバーの中心に君臨するレスリー。あちこちからお酒をおごられ、いよいよ勢いづいた彼女は、次々と名乗りをあげる対戦相手とゲームに夢中だ。完全に存在を忘れ去られた私は、テーブルに腰かけ、誰かのストローの紙袋でこよりをつくって時間をつぶした。レスリーが私のために頼んだビールもどさくさにまぎれてどこかに行ってしまった。あんなに緊張して「不法侵入」をした私はなんだったの。もうこれだからレスリーはアテにならない。

どんなに少なく見積もっても二時間は経った。いいかげん酔ったレスリーがゲームをやめて私を探しだしてきた。

「ユーコ！　なにやってるのよ！　楽しまなくっちゃ、ねえ！」

呂律《ろれつ》がまわらない。この酔い方では帰りの運転などできるわけもない。となると、私があのコルベットを運転することになる。オートマチックしか運転したことがない（それも免許を取ってからほんの数回）私が、どうやってミシミシいうギア付き車を運転するというのか。

「ユーコ、ね、ね、カウンターに行こう。そこでシンガポールスリングを飲んで、それでもって帰ろう」

アンタはこの期《ご》におよんでもまだ飲む気なのか。ふらつく足どりでレスリーはどんどん一人でカウンターに行ってしまう。しょうがない。空いているスツールに並んで座る。

「シンガポールスリングふたつ」

と、バーテンダーに声をかけた瞬間にレスリーはあやまって隣の男性の水を肘《ひじ》でひっくりかえしてしまった。

「ウワー」

と、こちらに向き直ったその男性。レスリーと私がほとんど同時に、

「ウワー」

と、叫びかえしてしまった。なんと、ハートランド高校のミスター・パターソン、校長先生だ。ウワーというよりドヒャーである。飲酒の許されるレスリーですら驚きのあまり一気に酔いがさめたようだ。私にいたっては絶体絶命の窮地。ジョイスの説教。外出禁止。退学。強制送還。最悪のシナリオが頭をよぎる。身体がしびれ、冷たい汗が背中をつたう。ミスター・パターソンもびっくりの度合いは同じらしく、しばらく口をきかない。そして、

「送っていくから。二人とも、すぐに帰りなさい」

バーテンダーの耳を意識してかささやくようにそう言った。私たちはスツールをすべり降り、押し合うように裏口のほうに向かった。ミスター・パターソンが、

「そっちじゃあないだろう……」

と、言いかけて、すべてを理解したようだった。自分たちの車は後日取りにくることにして、私たちはミスター・パターソンの車で帰宅した。待ち受けていたジョイスが怒りに震えたことは言うまでもない。

「二度とこういう冒険はしないこと」

私の頭をグローブのような巨大な手でゴシゴシとこすって、ミスター・パターソンは帰っていった。

それからジョイスのお説教。今後週末は無期限で外出を禁止する。車は平日でも使ってはならない。以上。そう言い渡されたころには日付がかわって、湖の向こうに朝陽がのぼ

りかかっていた。キッチンの窓ごしに朝焼けの空を眺めながら、レスリーがつぶやく。

「まったくもってしてスタックね。私たち」

雪が降る前からスタックしてしまった。ふたりでコーヒーをいれて、暖炉にあたったまま、いつのまにかカウチで寝入っていた。なんともスタックなふたり。

第14章
デビーが帰ってきたクリスマス

「デビー・イズ・ホーム！」

デビーが帰ってきた。それまで指しゃぶりをしながらテレビの前で毛布にくるまっていたアンディも、ミートローフの下ごしらえにすべてを集中させていたジョイスも、雪の積もった裏庭でひとりトランポリンの様子を点検していたローリーも、そしてベッドカバーの取り替えと掃除に汗みずくになっていたレスリーと私も一斉に玄関に走った。デビーが帰ってきたのだ。皆が待ちこがれ、どこにいるのやらとその消息を知るわずかな絵はがきに一喜一憂させられてきた張本人が、やっとベイリー家にもどってきた。

玄関の前に集合したベイリー家の人々。そのあふれんばかりの歓待の気持ちがうずまく空間に、デビーはニコの腕にすがるように姿を現した。

一瞬、息を飲み下すような沈黙があった。もっともお調子者のアンディがデビーに飛びつこうとした。瞬間、アンディの足も止まった。そこに立っているのはまぎれもなくデビーなのに、誰もいまだ目にしたことのないデビーがいた。

デビーは病気だった。私は写真でしかデビーを見たことがなかったが、あきらかに別人がそこにいた。身体《からだ》はほとんど骨と皮。髪の毛も無残にも抜けおちて、どう見ても立っているのが奇蹟《きせき》のような状況なのだ。

ニコがたまらずに口をひらいた。

「デビーはすこしばかり長く旅をしすぎた。とても疲れているから、今日はこのまま休ませるから」

皆、目の前のデビーの憔悴《しょうすい》しきった姿に口がきけない。ひとりジョイスは涙をぬぐいながらデビーの肩を抱きしめ、無言で二階の彼女の寝室に上がっていってしまった。

「シット！」

誰かがベイリー家禁句中の禁句を吐いた。その声のほうをふり向けば、これまでいっさいの感情を表現したことがないように私には思えたローリーが目を真っ赤にしている。彼女がくやしがっている。いったいこんなにまでベイリー家が待ちつづけたデビーになにが起こったのか。一年という歳月のなかでずっと安否を気遣ってきた家族にとって、デビーの文字どおり「変わり果てた」姿は悲しいよりもくやしいのが本音なのだろう。個人主義に徹してそれぞれが居場所を確保しているようにみえても、ベイリー家は実に感情のひだが奥深い。こういうときにふっとホームシックに似た感情が私をよぎる。デビーの姿に同情こそすれ、くやしいなんていう感情は、まだにわか家族の私には実感がない。誰もが無言のうちにそれぞれ部屋にひきあげていくのを眺めやりながら、みんなと同じ感情を共有できない淋《さび》しさにおそわれた。

明けた朝も雪。しんしんと降りつもる雪を窓から確認して、キッチンに降りていく。ジョイスがコーヒーをいれながら、ピーナッツバターと苺《いちご》ジャムのサンドウィッチを作っている。いつもながらのベイリー家の朝だ。

「お早う」

ジョイスもいつもと別段変わった様子はない。

「デビーはどう？」

思いきって聞いてみる。

「大丈夫よ。でも今日念のため病院に連れていくから。もし検査に時間がかかるようだったら電話するから」

大丈夫とジョイスは言うけれど、昨日のデビーの姿が目に焼きついて離れない私にはとうていそんな簡単な事態には思えない。どういういきさつがあって放浪の旅にでてしまったのか、なぜアメリカきっての名門大学を辞めてしまったのか、そういう一連の状況に婚約者であるスティーブがどうかかわっているのか、今年の夏からベイリー家に加わった私にはわからない。ジョイスの口調から、なるべくデビーのことは大事《おおごと》にしたくない、という気遣いが伝わってくる。「ファミリーマター」、ごくかぎられた家族のなかのプライベートな問題。そんな言葉が頭をよぎる。きっとあまりおおっぴらにしたくない事情なのだろう。昨日、自分の胸に差し込むようにもたげた淋しさがぶりかえしてくる。それでもなにかあったら電話をするからと、ジョイスが自分に言ってくれたことがうれしかった。ベイリー家の数のうちにいれてもらえたような気がした。

「一緒に帰ってきたスティーブは？」

昨日のどさくさで私は顔も見ていないし、挨拶《あいさつ》すらしていない。

「彼も昨日の夜ずっとデビーにつきっきり、おそろしく疲れているみたいだからそっとしておいてあげて」

そう言いながらジョイスが顎《あご》をしゃくったほうを見ると、ファミリールームのカウチに、アンディの毛布にくるまった「塊《かたまり》」がある。まったくピクリとも動かないその「塊」からは、心底くたびれ果てて泥のように眠るスティーブの規則ただしい寝息がかすかに聞こえてくる。よほど大変な一年間だったのだろう。

「じゃ、行ってきます」

ピーナッツバターと苺ジャムのサンドウィッチの入った紙袋をつかんで玄関にむかったところでジョイスに呼びとめられる。

「ユーコ、今日はこの雪でスクールバスが来ないから、ニコが送っていくから、ガレージのほうにまわってちょうだい」

もうすでにスクールバスさえ不通になってしまった。レスリーの言ったとおり、スタックな冬がはじまった。

開け放したガレージの扉からおおぶりの雪がふきつける。ニコは私の姿を見るなり、

「だめだよ、その格好じゃ。裏にクリスの防寒着があるからそれを着ておいで。スニーカーもだめ。底の厚いワーキングブーツにはきかえて」

セントラルヒーティングを誇るアメリカの冬を満喫するため、私は半袖《はんそで》のTシャツにジーンズ、黒の丸首のセーターにスニーカー、レスリーのお古のダウンジャケット、といういでたち。学校の建物にはいってしまえばセーターもいらないくらい暖かい。が、ニコの格好を見て驚く。スキーウエアの上下にマフラー。毛糸のキャップをぴっちりとかぶって、革のごつい手袋をしている。さらに手にはヘルメットをぶらさげている。車で出かけるにはあまりにも重装備すぎるではないか。

クリスの防寒着は大きいうえにゴワゴワしている。雨がっぱとズボンを組み合わせたようなもので、ダウンジャケットの上からでもゆうゆう着られる。なんともカッコ悪い。上着のポケットにねじこんであったスキー用の手袋もはめてみた。教科書をかかえる手の自由がきかなくなったので、一緒につりさげてあったデイパックを借りた。ダブつく防寒着

にデイパックを背負った自分の姿に笑いがこみあげる。宇宙遊泳さながらの緩慢な足取りでガレージにひきかえすと、ニコがヘルメットを渡してくれた。

「ほら、出発するから早くかぶって」

ガレージの扉の外には、すでにエンジンをかけたスノーモービルがけたたましい音をあげて車体をふるわせている。

ハンドルを握るニコの後ろにしがみつくようにまたがった。学校までこの吹雪《ふぶき》のなかをスノーモービルで疾走しようというのだ。

ニコは根っからのアウトドア・パパである。湖で泳ぎ、バックパックを背負って山を歩き、猟をする。そんな彼にとってスノーモービルはかっこうの遊び道具だ。雪が降りはじめたころから、ジェフと二人、毎日スノーモービルのエンジンを点検したり、油をさしたり、この日の出番を待っていた。昨日デビーを迎えに行った四輪駆動のジープがあるにもかかわらず、ニコは私をスノーモービルに乗せたくてしょうがなかったのだろう。車寄せに躍りでた途端、目一杯エンジンをふかして道路をめざすニコ。あっという間にヘルメットに雪が吹き付けてなんにも見えなくなる。ただひたすらに寒さと恐怖に耐えた。

「どうだい、調子は？」

ニコの背中にヘルメットごと顔をうずめている私は、うまく息をすることもできずに恐怖にひきつっている。どのくらいスピードが出ているのか、とにかく身体でじかに風を切るから、下手《へた》するとこのまま空中にほうりだされてしまいそうだ。たぶんバスでいつも通る道を走っているにちがいないのだろうが、首をわずかにずらして垣間見る風景が、雪の筋のあいだに飛ぶように消えていく。こうなるとニコは私をこわがらせるためにわざとスピードを上げているとしか思えない。そんなに急がなくても間に合うのに。

沈黙する私の肩越しにニコがまたどなる。

「これからカーブが多くなる。カーブのときは一緒に体重を同じ方向に移動させる！　わかった？　オウケイ？」

「ヒア・カムズ！」（おいでなすった）

「オウケイ！　ライト！」（右！）

「デン、ディスタイム、レフト！」（こんどは左！）

「ナウ！　レフト・アゲイン！」（また左！）

どなり声で号令をかけるニコの身体が傾くほうに、必死で自分も身体を傾けてみる。なにぶんにも生涯初の経験で、どう体重を移動させるのかあんばいがわからない。なんどもニコの腰にまわした腕がはずれかかって一人雪道に投げだされそうになった。なりふりかまわず、とはまさにこのこと。ときには腕がすべって、気がつくとニコの首をしめあげていた。顔をすっぽりとつつむフルフェイスのヘルメットは、どこからかはいりこんできた雪の結晶と、私の鼻水と涙でぐっちゃぐちゃ。もうこれ以上雪中行軍がつづいたら私は完全に気を失う、そう観念した矢先にスノーモービルは学校の前に急停車した。私は生きている。

ニコにうながされて腕をほどき、ヘルメットをぬいで立ち上がった瞬間、私はスーッと血の気がひいていくのがわかった。そのまま失神してしまった。

けっきょく午前中いっぱい医務室で寝ていた私は、午後の授業もなんだか身体がかったるくて居眠りをつづけた。極度の緊張と寒さから一瞬にして解き放たれ、暖かい毛布にくるまった途端に身体じゅうが弛緩《しかん》してしまったのだ。まるでカウチでまるまっていたスティーブのようだ。きっとまだあのまま微動だにせず眠っているのだろう。

午後は道路の雪かきが済んで、いつもどおりにスクールバスが動いた。あれほど嫌だったバスが天国に思える。クリスの防寒着もデイパックにつめこんで、バスの窓からゆっくりと雪に埋もれたハートランドの景色を眺めた。誰ひとりスノーモービルで走っている者はいない。やっぱりあれはニコが私によかれと仕込んだアドベンチャーだったのだ。もう二度と嫌だけど、スタックな雪の朝でもなんとか遠来の留学生を楽しませたい、そう考えたにちがいないニコにちょっと感謝した。

帰りのバスには珍しくクリスが乗り込んできた。私が学校の玄関で気を失ったことはまたたく間に知れわたったらしく、いかにも「ダセーナ」という表情で私に笑いかける。しゃくにさわったから、

「クリスはじゃあどうやって学校に来たのよ！」

と、聞いてやった。

「あたりまえでしょ。ジープがあるもんね」

私が出かけたあと、ちゃっかりジョイスに送らせたという。余計に腹がたった。

ベイリー家はもぬけの殻だった。正確にはカウチで固まったままのスティーブをのぞいて。

やっぱりジョイスはデビーの検査に手間どっているらしい。冷蔵庫の扉にメモがマグネットではりつけてある。

「ベイリー家のしかるべき誰かに。一番早くもどって来た人は、地下の冷凍庫からひき肉をだして、ミートソースを作ること。詳しい作り方は、トマトソースの瓶に書いてあるとおり。アンディはお隣のジョーンズさんが学校に迎えに行ってくれているので、彼が宿題をしたらそろっている者だけでスパゲッティとサラダの夕食をすませてください。ジョイス」

メモに従うと、夕食の作り手はクリスと私だ。私が地下の冷凍庫からひき肉をとりだし、流しに放置して解凍する。その間にクリスがアンディをジョーンズ家に迎えにいく。トマトソースの瓶のラベルを慎重に読んでいると、ダウンのつなぎを「おくるみ」のように着こんで着膨れたアンディが帰ってきた。夕食はアンディ、クリス、私、そうスティーブもいるから四人分だ。

ニコの役目である暖炉の薪《まき》くべをクリスが得意げに引き受ける。ガレージに積まれた薪の束をかつぎこみ、古い灰をかきまぜて熾火《おきび》をおこす。立派な家長の風情《ふぜい》だ。私は玉ねぎをきざみながらアンディの宿題をみてあげる。なんだか私まですっかり主婦のようだ。ふと、この家の確固たる役割分担の構図が見えた気がした。野山をかけまわって獲物を仕留めてくるのがニコ。火をおこし、家の修理をして、家族の居場所を確保する。

ジョイスは獲物を蓄え、調理し、家族の健康を気遣い、家を常に気持ちのよい場所にすることに腐心する。保守的と言えばまさに古くさいのかもしれないが、この役割分担の明快さがベイリー家の揺るぎない土台を支えている。子供たちも自然にそうした役割を学び、それぞれがなお自由闊達《かったつ》に生きている。あこがれのセントラルヒーティングもさることながら、ここにはアメリカのドラマそのままの家族の形がしっかりと息づいているのだ。そう思った。そこから旅立っていく者、帰ってくる者、ここには家族の数だけ毎日小さな波頭のようなドラマがくりかえされている。

アンディのつけたテレビの大音響でスティーブが十数時間ぶりに目を覚ました。ゆっくりとした足取りでキッチンにやってきた。中肉中背で、大学教授のようなもの静かな雰囲気をただよわせている。かるくウエーブのかかった栗色《くりいろ》の髪がいっそう繊細な感じを強めている。

「ユーコ？」

照れたように微笑《ほほえ》みながら手を差し出す。ミートソースがあちこちにこびりついた手をぬぐってスティーブと握手をかわす。思いがけないほど力をこめて握りかえしてきたスティーブの手からは、誠実な温かみがつたわってきた。

「もうすぐ御飯ですから。シャワーでもあびてきたらどうですか？」

「そうだね。デビーについてまだジョイスから連絡はない？」

厚手のタートルセーターには無数の毛玉がくっついている。ずいぶん長く着こんでいるのだろう。まだ電話はない、と言うと、うなずきながら二階に上がって行った。

夕食のテーブルはスティーブの独演会になった。インドやスリランカ、ネパール、と気のむくままの超貧乏旅行をしてきた彼の話は、わくわくする事件やできごとに満ちていた。インドがどこにあるかも知らないアンディですら、食後の定番であるテレビのアニメ番組を忘れて質問攻めにしている。どんなくだらない質問にも懸命にこたえるスティーブ。説明に困ると、紙と鉛筆でヒョイヒョイと絵を描き、まるで私たちもネパールの村を歩いているような錯覚がするくらい、生き生きと情景を話してくれるのだ。空になったお皿をかたづける時間も惜しんで私たちはスティーブの冒険に耳をかたむけた。

電話のベルが鳴った。クリスが走って受話器をとる。ジョイスだ。ニコも一緒で、検査の結果は明日わかるから、デビーと三人で近くのモーテルに泊まる、という。スティーブが代わって二言三言話す。

「オウケイ、デビー、アイラブユー」

受話器の向こうはデビーに代わっているらしい。電話を切ったスティーブが片方の目をつぶって見せる。

「デビーがみんなによろしくって。たぶん明日は帰れると思うって」

この電話をきっかけに私はテーブルをかたづけ、アンディは自分の部屋に上がって行った。クリスとスティーブは暖炉のまえに場所を移してまだ話しこんでいる。獲物を探しながら駆け回る「オトコ」の冒険談が、よほどクリスの心をつかんだのだろう。ならば、同じ旅をして病気になってしまったデビーには、ずいぶんと苛酷な道中だったのだろう。デビーもまたジョイスと同様、駆け回るスティーブを、ある一定の場所でじっと待つほうが性に合っていたのかもしれない。

そんなことを考えながら私も自分の部屋に上がって行った。

第15章
私はアグリー・ジャパニーズ？

そして今、私はフロリダにいる。
あのスタックな雪降り積もるミシガンからひとっ飛び、ここには完全無欠の乾いた夏が私を待っていた。

検査の結果、デビーは重いストレスによる心身障害をかかえていることがわかった。どんなに栄養のあるものを食べても、疲れきった身体《からだ》がそれを吸収しない。だから極度の栄養失調状態におちいって、髪の毛が抜け、体重が激減してしまった。デビーはさらにごく小さな物音にもおびえ、目を閉じれば得体の知れない奇怪な夢にうなされた。医師の診断では、とにかく気候の良い、のんびりとした環境に身を置き、心の平静と身体の回復をはかるしかない、ということだった。

ニコとジョイスは一晩延々と話し合った末、クリスマス休暇をデビーと私がフロリダにある別荘に行って過ごすことが決まった。デビーの療養に私が付き添うのだけれど、実際のところは、せっかく日本から来たのだからアメリカの冬の、「フロリダの夏」を味わわせてあげようという親心だ。

デビーと私だけがフロリダに行くことをニコが宣言すると、案の定アンディが泣きわめいた。このころまでにはアンディと私には言葉にならない絆《きずな》が生まれていた。おまけにデビーが大好きな彼にすれば、二人いっぺんにベイリー家からいなくなるのは耐えがたい。泣きつづけるアンディの肩を抱きながら「なんとか三人で行けないものか？」と意見をしてみたが、ニコとジョイスは一度決めたらテコでも動かない。私としては、アンディはもちろんのこと、もうほとんど自分の肉体の一部のように馴染《なじ》んでいるレスリーが一緒でないことが心もとない。レスリーも行きたい気持ちは山々だけれども、来年の春から編入する大学の準備やアルバイトで忙しい。けっきょく二人で行くしかない。デビーと私。二週間のバカンスのはじまりだ。

めざしたのはフロリダのディズニーワールドがあるオーランドの西。メキシコ湾に面しているベニスという町。そこにあるベイリー家の別荘は、実はニコの両親、グランパ&グランマ・ベイリーが所有している豪勢なコンドミニアムだ。たったひとりでデビーの世話をできるのかどうか不安だった私は、もうグランマ・ベイリーがすでにベニスの別荘で私たちを待っていることを聞いて猛然とうれしくなった。グランマ・ベイリーを私は心の底から尊敬し、愛している。

グランパ&グランマ・ベイリーは、ベイリー家と同じ湖に面した家に住んでいる。裏庭から湖岸をトボトボと十分も歩くとグランパ&グランマ・ベイリー家の裏庭に到達する。よく手入れされた芝生の広大な庭を持つ彼らの家は、一見平屋建て、実はスロープを巧みに使った二階家屋で、いつも近所の人や娘、息子、その子供たちでごったがえしている。理由はグランマの手料理だ。どんなときもグランマの家は美味《おい》しい匂いに満ち満ちている。夕食を終えてなにもすることがない夜。私はひとり湖づたいを歩く怖さもいとわずしょっちゅうグランマの家に向かった。そこには必ずグランマのとびきりの笑顔と、ジョイスの手料理とは別世界の美味しいものがあった。さすがに夕食を終えてふたたびグランマのテーブルにつくほどの健啖《けんたん》さを持ち合わせていない私は、もっぱらグランマと対決するビリヤードが目的だった。彼女はおどろくべき技を隠し持っていて、フフフと不敵な笑みをもらしながらも、懇切ていねいに私に教えをたれるのだ。

アメリカの老夫人。私がつたない頭で描いていたそのままの存在がグランマだ。小柄でちょっぴり太めで、足元はいつもスニーカー。金髪の巻き毛を肩までたらし、忙しそうにキッチンで働いている。夏の暑い盛りには、花柄のムームーにスニーカー。時折腰に手をあてがって独り言をつぶやきながらオーブンの料理をながめる。とても幸福そうで、その幸せがそばにいるだけで伝染する。グランパもまたユーモアが利いた人で、一代で事業を興してニコに経営をゆずった。その後、自分は会長室なぞにはこもらずに、毎日芝刈りとグランマとのビリヤード対決に心血をそそいでいる。このふたりのそばにいるときはすべての淋《さび》しさを忘れた。私が三日にあげず湖岸をたどって出かけた理由だ。

そのグランマがフロリダにいる、というではないか。グランパはフロリダの喧騒《けんそう》がいやだからミシガンに残ったらしい。グランパのこともグランマと同じくらい愛していた私は少々がっかりしたが、デビーが元気になるために行くからにはあまり私に発言権はない。

フロリダに行くのはクリスマスが明けてからね。そうジョイスに言われた。クリスマスの夜くらいはベイリー家で過ごしてから出かけなさい。ジョイスの言葉はベイリー家では千金に値するから、私はフロリダ行きが決まった夜からクリスマスの準備を手伝わされた。あと一週間もない。

巨大なクリスマスツリーがベイリー家のリビングルームに運びこまれ、レスリーと私は飾り付けに毎夜汗みずくになった。吊《つ》りさげるオーナメントも半端な数ではない。毎年、テーマを決めてツリーを飾るジョイスの気が遠くなるほど細かい指示にしたがって、レスリーが豆電球を散らし、私が雪にみたてた綿をちぎってはツリーにかける。

ちなみに今年のクリスマスのテーマは「ワールドジョイ」（世界のよろこび）とのことだ。

暇を見つけてはツリーにしがみつくようにして飾りを付ける私たちの足元には、いつしか山のようなプレゼントがとりどりの包装紙にくるまれリボンをかけられて積み上げられていった。誰から誰へのプレゼントなのかはわからない。誰がどうやって買ってきたのかもわからない。確実に日毎《ひごと》その数は増えていく。レスリーは豆電球のコードをあちこちに引っ張りながらタメ息をついている。

「ユーコ、このプレゼントのうち、いったいいくつが私たちのものなのかしら」

一手に飾りを引き受けさせられた私たちは、労働の苛酷さと来《きた》るべき喜びを秤《はかり》にかけてタメ息ばかりをついていた。私としてはクリスマスよりも早くフロリダに行きたい。

二十四日。クリスマスイブだ。あらかたツリーの体裁がととのったところで、一息いれようとレスリーとトランプで遊びはじめたところに電話が鳴った。もう午後の六時をまわっていた。今日はジョイスの鶏の丸焼きが午前零時の時報とともにでてくることだけが私たちの唯一の楽しみだ。そこで皆起きてきて、ツリーの下に積み上げられたプレゼントを開けるという。そのつかの間の休息に鳴った電話はレスリーにも私にも面倒くさい。無視を決め込んでセブンブリッジをしていると、電話をとったアンディが走りよってくる。

「ユーコ！　ユアホーム！」

私への電話だ！　ニッポンの家族からの。

受話器をアンディからひったくる。

「もしもし、もしもし？」

留学以来六カ月ぶりにしゃべる日本語。電話の向こうでは相変わらずパワーを持て余しているような母の声がする。

「もしもし？」

と、まわりで息をひそめて電話のやりとりを見守っているベイリー家に、いささかの恥じらいを感じながら日本語で聞きかえす。

「ウワーア、ほんとうにつながったよ。優子につながっているよ。ありがたいことだわね」

国際電話を初めてかけたアンドー家のむきだしの歓喜が受話器からあふれでてくる。

「もしもーし！」

「あっ優子！　元気？　ミドリさんですよ」

母は機嫌がいいときにはきまって自分の名前を「さん」づけで呼ぶ。ちっとも変わっていない。

「元気、元気。今そっちは何時？」

「えーと二十五日の朝の八時よ。それで元気なの？　風邪《かぜ》でもひいているんじゃないかと思って心配しているのよ」

「大丈夫、ものすごく元気。今だってクリスマスの準備をしていたところなんだから」

「そう、アンタはそういうビッグイベントを前にかならず熱をだしたりする子だったから、ほんとうに大丈夫？」

そんな子供の頃の話を蒸し返してどうする。

「あっそれからね、私明日からフロリダに行くのよ！　ほら有名なディズニーワールドがあるところ」

「そう、それはよかったわね。とにかくアンタは我がままだから、くれぐれもベイリーさんたちに迷惑をかけないように」

どうも母とは会話が嚙《か》みあわない。

「アンドー家のみんなは元気？」

「それがね、つい最近モモエが死んじゃったのよ。もうコウイチロウが泣いて泣いて大変だったのよ」

モモエとは、山口百恵さんの大ファンである兄貴が飼い犬につけた名前である。

「ふうん、それは悲しいねえ。でもそれはこのあいだの手紙に書いてあったよ」

高い料金の国際電話で話していることを母は忘れかけている。

「まあ、それにしてもよく聞こえるもんだわねえ、この電話。ちょっと待ってね、今代わるから」

受話器が誰かに渡された気配がする。が、いつまで待っても、ウンともスンとも声がしない。

「もしもーし！　誰？」

「………」

「もうやんなっちゃう。父親っていうのはこれだからダメよねえ」

ふたたび母の声。どうやら代わった相手は父らしい。

「もう、受話器を握ったままポロポロ泣いているのよ、まったく高い電話代がもったいない」

私のアメリカ行きについては「好きなようにしなさい」のひと言で、ほとんど感情を表に現さなかった父。普段から無口な人ではあるが、受話器を握りしめて声もなく涙を流す姿が目に浮かぶ。

とたんに私まで張りつめて頑張って、その口に堅くしばりをかけてきた「甘え」の袋がやぶけた。堰《せき》をきったように熱い涙がボロボロとこぼれる。これ以上、もうひと言でも話そうものなら私はしゃくりあげて泣きじゃくるにちがいない。声を殺して押し黙ったまま、自分の膝《ひざ》にしたたり落ちる涙の輪をじっと見ていた。

「どうしたの？　じゃあ切りますよ。電話代もったいないから。ベイリーさんの皆さんによろしく伝えてちょうだいね。じゃあね、元気でね」

カチャリといって電話が切れた。「ツーツー」と話し中の信号音に耳を押しつけながら顔をあげると、隣に座りこんでいたレスリーが泣いている。受話器を置くと、レスリーが両手で私を抱きしめた。ふたりで抱き合いながら声をあげて泣いた。まったく何やってんだか。

時報とともにベイリー家はパジャマ姿でツリーの前に集合。「メリークリスマス！」の嵐のなか、誰かれとなく抱き合い、シャンパンが抜かれた。ジョイスがお約束の鶏の丸焼きをテーブルに運び、総勢十一人の大宴会がはじまった。そしてプレゼントの交換。ツリーの根元にうずたかく積まれたとりどりの箱を、それぞれが注意深くチェックする。どの箱にも小さなカードが添えられていて、誰から誰へのプレゼントなのかがわかるようになっている。

深夜の食卓には参加しなかったデビーもスティーブに支えられるようにして起きてきていた。皆もう夢中で自分への箱を探し、開ける。歓声と叫声。私はプレゼントを買いに出かけるヒマもなかったから、日本からかかえてきたお土産《みやげ》の第二弾を、ジョイスに買っておいてもらった包装紙にくるみ、リボンをかけてカードを添えた。

とりわけ、ベッドに横になっていることが多いデビーに、ガウンの代わりにでもなればとプレゼントしたはっぴは気に入ってもらえたようだった。私には、毛皮の襟がついているいかにも高価そうなニットカーディガンがニコとジョイスから、グランマ・ベイリーとの対決に熱くなっているビリヤードのキューはきょうだい一同から、おまけにジェフとジェッダから、美しい詩がきざまれた壁掛けを贈られた。グランパ&グランマ・ベイリーからは、うっとりするくらい大人っぽいネグリジェを、お隣のジョーンズさんからは動物のピアスをいただいた。一度にこんなにたくさんのプレゼントをもらう経験！

大人も子供もたった年に一度だけ、夜中にパジャマ姿で食卓を囲み、飲み、歌うことが許される日。この特別な日をながらく心待ちにして、その準備にすべての時間と労力を注ぎ込んできた。一年のすべての想いをここで皆一気に弾《はじ》けさせるのだ。うれしかったことにあらためて感謝し、悲しい出来事を今一度いたむ。折り重なって一年をつむぎあげてきたさまざまな想いをクリスマスの夜が全部引き受けてくれる。そうしてこの日を境に洗い流した心は、また新しい年にむけての一歩をふみだす。クリスマスがどうしてそんなに特別な日なのか、私にもようやく実感できた。

日本からの電話に怒濤《どとう》のように流れおちた涙は、だから、私にとってのいちばんのクリスマスプレゼントだったのだ。あの涙で、それまで知らずに肩をいからせ、胸をはり、力みきっていた自分が少しだけ楽になった。きっと事情があってベイリー家を出たデビーも、そんな「クリスマス」が必要で帰ってきたのだろう。お帰りと迎えてくれる家族と共に、それまでの自分に心から「ご苦労さん」と言ってあげたかったにちがいない。

「メリークリスマス」

この言葉は、だから、

「一年間、ほんとにご苦労さま」

と、私には聞こえる。

アンディが泣きだした。それまで辛抱強く開けつづけてきた自分宛《あ》てのプレゼントの箱がすべて空っぽだったのだ。犯人は家族一同。声をからして泣くアンディの前に、ぴかぴかのマウンテンバイクにまたがったニコが登場した。

「イッツ・ユアーズ！　アンディ！」

飛び上がって駆けよるアンディにニコが言った。

「メリークリスマス！」

この一年、ずっと欲しいと訴えつづけてきた念願のバイク。待っててよかったね。ご苦労さん。

そして今、私はフロリダにいる。部屋の前には、ひょうたん形のプールが惜しげもない太陽を浴びてかがやいている。グランマは昼寝の真っ最中。デビーはリビングで本に夢中だ。フロリダに来てからのデビーの回復はめざましい。グランマの料理をよく食べるし、よく眠る。まだ来てから一週間なのに、別人のように健康そうになった。毎晩、隣のベッドどうしで、枕に腹ばいになってずいぶんとデビーの話を聞いた。インドのこと、ネパールのこと、学校のこと、スティーブのこと。そして戦争について。

デビーは突然アメリカが大きらいになった、という。アジアの戦争にしたり顔で介入し、その大義の御旗《みはた》のもとに自国の兵士の命を犠牲にし、ベトナムの人々も殺した。けっきょくそれで誰が幸せになったというのか。戦火はさらにベトナムからカンボジアへと広がり、アジアはいっそうの混乱におちいっただけではないか。手足を傷つけ、心を病んで帰ってきたたくさんの若者たち。いったい誰があの戦争で幸せになったというのか。アメリカが守ろうとしていたのはなんだったのか。そんなことばかり考え、大学の反戦集会に顔を出せば、そこにはドラッグに酔いしれた者ばかり。なにもかもが「嘘《うそ》っぱち」に思えて、自分でアジアを見てみたかった、という。

果たして、デビーが足を踏みいれたアジアの国々は想像を超える貧困にあえいでいた。彼女があたりまえにしていたシャワーの熱いお湯もなければ、暖をとる設備もない。子供は裸足《はだし》で、手づかみで米の食事をほうりこむ。そんな暮らしを強いられている人たちにとっては、民主主義も共産主義もおなかの足しにはならない。毛布の一枚。ビスケットの一枚があれば、彼らだって自分たちの生きている国の行く末を考える気力だって生まれてくる。それをアメリカは「世界の警察官」よろしく軍隊を送ることしか考えていない。痛いほどにアメリカの矛盾が見えた、という。

「アグリー・アメリカン」（醜いアメリカ人）

自分をそう感じたときから、彼女はほとんど食事をうけつけなくなってしまった。みるみるうちに痩《や》せおとろえ、髪の毛が抜け、

「ほんとうにアグリー・アメリカンになったっていうわけね」

そう言いながら悲しそうに笑った。

「ね、ユーコ。私たちアメリカ人はね、ほんとうはアジア人をアグリーだと思っているのよ。自分たちよりもうんと劣っている人種だとね。だから手を差しのべるふりをしてアメリカを押しつけているだけ」

アメリカに多大なあこがれをいだいてやってきた私は、まぎれもなくアジア人だ。皆、そういう私を過ぎるほどの好意で迎え、受け入れてくれた、と私は信じていた。デビーの言葉はだからあまりに辛辣《しんらつ》で、私の心に突きささった。日本人だけが例外のはずもない。

「デビー、デビーは私のこと、やっぱりアグリーなアジア人だと思うの？　もしそうなら、ジョイスもニコもそう思っているっていうこと？」

デビーは長いあいだ考えた末に答えた。

「ユーコはアジアの人にちがいない。私、ユーコを留学生として引き受けることに実は大反対したの。だって嘘っぽいでしょ。でもジョイスがどうしてもアジアからの留学生と生

活したいって頑張るの。理由を説明して、と言っても最後までよくわかんなかったけど。たぶん、ジョイスは彼女なりにアジアに向き合いたかったんでしょ。でも不思議ね、ユーコはもうどこの国の人なのかなんて誰も考える余地すらないものね。ちょっと言葉に訛《なま》りがあるベイリーの親戚《しんせき》のような感じ。ジョイスが言うのよ。ユーコが家に来てから家族ってなんなのか、ほんとうにわからなくなったって。昨日まではアジアの国で暮らしていたアナタが、今はもう欠くことのできない家族の一員になっているって」

こみ入った感情の波に揺られながらデビーの話に耳をかたむける。私はやっぱりアグリーなのかな、とか、なぜベイリー家は私を引き受けたのかとか。

もう眠りの途上についたデビーはフワフワとした言葉でその日の会話をしめくくった。

「でもね、ユーコ、ユーコを愛しているのよみんな。どういうきっかけにせよ、アナタに会えてみんな幸せなの。ベイリー家始まって以来の出来事よ」

すっかり寝息をたてて夢の世界にはいっているデビーを気遣いながら、私はアメリカに来たことの意味を考え続けた。アメリカは単に私にとってあこがれの地、だけではもはやない。一緒に汗したり、喧嘩《けんか》したり、涙したり、抱き合ってよろこぶ家族がいる。その根底にどんな歴史があろうとも、私が感じ、見て、触って、知りえるアメリカがここにある。正しくは、アメリカのミシガンのハートランドのベイリー家にある「アメリカ」が、今の私が知っているアメリカのすべてなのだけれど。

そう思い至ると、安心して枕元のスタンドを消して目を閉じた。私は、私のいま目の前にあるアメリカが大好きだ。

第16章
完全無欠のシニアプロム

「ねね、見て見て！」

私がふりかざした白いカードにはまぎれもなく私の名前が印刷されている。一刻も早くこの緊急事態をベイリー家全員に知らせなければならない。キッチンの横にある書斎で手紙を書いているジョイスのところに駆け込む。

「ホワアット？」（なんなのよ）

息をはずませながらカードをヒラヒラさせる私をふりかえってジョイスが聞く。

「だから、とにかくこれ見てよ！」

素早くカードをたしかめるジョイスから短い感嘆詞がもれる。

「ウワーオ！」

端的にしてもっともわかりやすい反応だ。

「スゴイじゃない。これはもうベイリー家はじまって以来の大事件よ。大変、ドレスを用意しなくっちゃ。合わせるハイヒールも、小さなバッグも、それからイヤリングとかアクセサリーも必要だわね。ああ大変。とにかく明日からさっそく買い物だわ」

ジョイスはファミリールームに積み上げてあるファッション誌を取りに腰をあげる。ヒントになるようなドレスが載っているかもしれないからだ。私はますます興奮しながら後につづく。

カウチで毛布をかかえたアンディにカードを見せる。反応がない。しまった、アンディはまだむずかしい単語は読めないのだった。

そこにアルバイトからレスリーが帰ってきた。何も言わずカードを目の前に差しだす。

「な、なによ、これ！　えーっほんと？　ユーコが？　ウワアーやったじゃない！　ユーコ、すごいじゃない」

期待どおりの反応をしてくれた。私は小鼻をヒクつかせながら快い感嘆詞に聞きほれる。しかし、

「でもさ、いったい誰がエスコートしてくれるの？」

恐れていた現実がもちだされた。熱心に雑誌のページを繰っていたジョイスもハタと顔をあげる。

「そうよ、ユーコ。ドレスよりもなによりも、まずエスコートを決めなくっちゃ。まさか

一人ではプロムには行けないわよ」

「ハワードは？」

「ほらユーコがよく話しているポール・ナントカ君は？」

「それだったらジョーンズさん家《ち》の一番上のお兄ちゃんがいいわよ。ちょうど大学も休みになってもどってくるし。ほら、ユーコもおぼえているでしょ。去年の夏にバーベキューで会ったアルバートよ」

「だめよ、ジョイス。アルバートは真面目《まじめ》すぎてぜったいダンスのひとつも踊れないって」

「だって、もう時間がないじゃない。アンタのボーイフレンドにもたいしたのがいないしねえ」

「それどういうこと？　マイクの悪口をいわないでちょうだい。彼だって一生懸命やってんだから」

ジョイスとレスリーの会話はみるみるうちに道すじがそれてきている。レスリーのボーイフレンドのマイクは失業中。なかなか仕事がみつからず苦戦している。ジョイスはそれをあまり好ましく思っていない。でも、今はそれどころではないのです。私が、この私が、卒業式前の一大ダンスパーティ、シニアプロムの、クイーンの候補者（の、一人）に選ばれたのであります。今日学校じゅうに配られた招待状カードに、自分の名前を見つけたときの驚き、興奮、不安、疑念。とにかくシニアプロムは一生に一回だけ、その栄えある舞台でクイーン候補に選ばれたことが信じられなかった。

ＰＲＯＭとはアメリカの高校や大学で催されるダンスパーティのこと。なかでも高校のシニアプロムは、卒業をひかえた生徒たちが三年間の高校生活をしめくくるたった一度の記念すべきダンスパーティ。シニアになったその日から、気の早い生徒は高校に入学したその瞬間からシニアプロムにむかって夢と期待をふくらませる。

女の子は初めて正式なロングドレスを着る一世一代の晴れ舞台で、同じくタキシードで正装した男の子にエスコートされ、ほぼ夜通しダンスを楽しむ。日本の成人式にちょっと似ているかもしれない。事実、シニアプロムは「大人の男と女」としての正式なデビューの場でもある。女の子は、ロングドレスに合わせて、それまでのスニーカーやゴムぞうりを脱ぎ捨てて、かかとの高いヒール靴に挑戦する。歩き方を覚え、フォーマルバッグの扱いを練習し、メイクも変える。香水のたしなみを教えてもらい、手袋のあしらいも学ぶ。そしてダンスのステップの特訓。一人前のレディとしての基礎をすべてたたきこまれるのだ。忘れてはならないのが、エスコートしてくれる男の子のタキシードの胸に飾るブートニア。女の子は生花を使ったコサージュをドレスのどこかに飾るのだけれど、それはエスコートしてくれる男の子が用意する。返礼の意味をこめて、同じ花を使ったこぶりのコサージュ、つまりブートニアは女の子が用意する習わしだ。カップルは互いのドレスとタキシードを綿密な作戦のもとにコーディネイトし、それぞれがコサージュとブートニアを用意する。女の子は当日をめがけてダイエットにいっそう精進し、髪型とメイクのリハーサルをくりかえす。合間にダンスのステップも復習しなければならない。男の子は、当日どうやったらもっとも「クール」(カッコよく)に彼女をエスコートできるかに頭を悩ます。もちろんダンスの練習もしなくてはならない。彼女を迎えに行く車だって、できうるかぎりの努力をしてふさわしいものにしたい。父親の車を借りるのか、それともどこかの先輩から見てくれのよいスポーツカーでも拝み倒して借りてくるか。ボサボサの頭にバンダナを巻いてタキシードは着られないから、申しあわせたようにみんながさわやかなアイビー青年のようなクルーカットに生まれ変わる。女の子も男の子も毎日がシニアプロムのために忙殺され、血のにじむような練習と努力を重ねる。

が、それはあくまでも互いにエスコートし、またエスコートされる相手がきまっている場合だ。つまり、私のように近所の大学生までもがひっぱりだされかねないような〝特定のボーイフレンドを持たない〟現状にある人間は、まず誰かエスコートしてくれる男の子を探さなくてはならない。それでなくてはドレスもハイヒールもまったくおよびでない。ジョイスの言うとおり、「一人では行けない」のだから。

おまけに、私はプロムクイーンの候補者に選ばれている。毎年、シニアプロムに先だって、全校生徒による投票で男女それぞれ五人のキングとクイーンの候補者を選ぶ。そして当日、ドレスやタキシードの着こなし、ダンスの優雅さ、さらにはシニアの一年を通してもっとも「ナイス」な人物だったと認められる候補者が、今度はシニアと先生だけによる投票で真のキングとクイーンに選ばれるのだ。一種の人気投票みたいなものだけれど、かぎられた地域での栄誉度は高い。選ばれたキングにもクイーンにも自分のエスコート相手がいるわけで、実際にはキングカップルとクイーンカップルになる。エスコート相手の評価も投票にひびくから、キングとクイーンの候補者はとりわけ細心にして最大の効果を生む相手を連れて登場しなくてはならない。ああ、だから私は断じてお隣のジョーンズさん家《ち》のアルバートでお茶を濁すことはできない。はっきり言って、好みじゃないのだ。どんな顔をしていたのかもよく思いだせないが、思いだせないくらいの印象だったということだろうし、もし多少なりとも胸トキめく相手なら私だってちゃんとそれなりの手は打っていた。覚えているのは「好みじゃない」の一点だけなのだ。むこうだってそうにちがいない。いやいや引き受けてもらっても困る。シニアプロムこそは我が留学生活の最大のイベント。一緒にもりあがってくれる相手でなくては思い出も半減してしまう。ああ、神様、どうか私にエスコートをお引き合わせください。たとえば学校の廊下で出会いがしらにハワードにぶつかるとか、ね。

ベイリー家は翌日からほんとうに大騒ぎになった。なんと私のクイーン騒動で皆失念していたのだけれど、ベイリー家にはもうひとりシニアプロムに出る女の子がいたのだ。同い歳のローリーだ。ジョイスがややスネぎみのローリーを見てハッと思いだし、騒ぎは倍になった。二人分のドレスや靴、手袋、バッグを準備しなければならない。ダンスも教えなくてはならない。そして致命的な問題は、ローリーもエスコートしてくれる相手がいないのだ。ジョイスがこめかみを押さえてうつむいてしまった。

でももっと複雑で深刻な問題にジョイスは気がついていない。これからエスコート探しに仁義無き闘いをくりひろげようとしているローリーと私。実は意中の男の子が同じなのだ。そう、ハワード様。ハワード・ダルトンである。ベイリー家の平和がきしむ音が聞こえてくる。

私は毎晩レスリーと善後策を協議した。まずはどうやってハワードにエスコートを頼むか、である。彼はハートランド高校きってのハンサムで、秀才。ましてやアメリカンフットボールの花形選手である。が、特定のガールフレンドをつくらない主義なのか、いつもベッタリしている女の子はいない。当然競争率は界隈《かいわい》きって高い。ハートランド高校の女子生徒で、「ステディ」（特定の）な相手のいない子はほとんど例外なくハワード狙《ねら》いである。ハワードの愛用するなかばボロボロになっている革製のスタジアムジャンパーと、彼の指にはめられているクラスリング（自分の卒業年度と名前が彫りこまれている指輪）を、なんとか自分のものにするのが〝ハートランド・シングルズ〟と呼ばれる女の子たちの夢である。もちろん私もローリーもこの集団にふくまれる。

今、現在のアメリカの高校生がどういうシンボルをあがめているのかは知らないが、当時の高校では、フットボール選手がとにかく花形ちゅうの花形であった。つづくはバスケットボールの選手。このどちらかに属するボーイフレンドをゲットし、彼の着ている、チーム名と背番号が縫いつけてあるスタジアムジャンパーをもらうのが、ステディになった証《あかし》であった。さらに関係が強固なものになったあかつきにはクラスリングが贈られる。ダブダブのスタジアムジャンパーの袖《そで》を折り返し、指には大きすぎてはめられない彼のクラスリングを鎖にとおして首からさげる。その姿こそが、愛されている、それも学校きっての「ジョー・クール」(いかした奴《やつ》)に愛されている幸福と成功のシンボルなのであった。

「もうアレコレ悩んでいてもラチあかないからさ、明日廊下で待ち伏せしてドーンと正直にお願いしてみたら」

居眠りしながらレスリーがそそのかす。手紙作戦とか、試合にお弁当持参で行って気をひく作戦とか、仮病を装ってお見舞いに来てもらう作戦とか、あらゆる見え透いた安手の案をかんがえたが、どれもあの冷静そのもの、フットボール以外にはあまり興味を示さないハワードに効力を発揮するとは思えない。そこで手づまりの私たちは「直当《じかあ》たり」に賭《か》けてみることで一致した。今ごろファミリールームのローリーとジョイスも同じような作戦会議をしているのだろう。ジョイスはローリーがずっとハワードに熱をあげていることは承知しているが、まさか私までが同じ人物を狙っているとは夢にも思っていない。たびたびローリーに牽制《けんせい》されてはきたが、「ぜんぜーんちがうもん」と突っ張っている私の真意には気がついていないはずだ。

翌日、私は一時間目が終わるとすぐに廊下に飛びだした。ハワードが使っているロッカーがどこにあるのかくらいは私も百も承知だから、素早くその方向に向かって移動する。ハワードがどの教室で一時間目を取っているのかを調べなかったのがいささか悔やまれる。やり手はその教室の出口から彼を待ちかまえているにちがいない。が、彼のことだ。きっと群がる女の子を煙《けむ》に巻いてひょうひょうと一人で歩いてロッカーに来るだろう。ロッカーの真ん前で待ち伏せるのはあまりに不躾《ぶしつけ》だから、やや離れたあたりでじっとうかがう。果たして彼は小走りに一人でやってきた。いいぞ。そうこなくっちゃね。ハワードの背中を追うように私も歩きはじめる。

「ハアーイ!」

自分でも自分が嫌いになるほど媚《こ》びた声がどこからともなくでる。ハワードが振り向いた。

　それ行けユーコ！

「ハワー」

　ハワードと言いかけたそのすきにひらりと長身、金髪が躍り出て私とハワードの間に仁王立ちになった。そいつは私を完全にハワードの視界から身体的アドバンテージにより抹殺した。

「ハワード、ね、今日ランチを一緒にしない？　朝早く起きてツナサンドウィッチを作ったんだけど、なんだかたくさん作りすぎちゃってえ。ね、ラウンジの右側で待っているからね、ゼッタイよん」

　とろけるような声の主はローリーだった。オノレ！　そういう作戦だったのね。だいたいツナサンドを作ったのはジョイスじゃないか。それが証拠に私の昼御飯もツナサンドだよ。イーだ。ローリーもジョイスもイーだ。あんたらそこまでやるのか。始業のベルが鳴った。ロックアウトされる危険が迫っている。私は猛烈な敗北の怒りとともに教室にすべりこんだ。

　その晩のベイリー家。私はローリーの作戦がどうなったのかが知りたくてたまらない。昼間の出来事についてはあらかたレスリーに報告がすんでいる。レスリーも、ローリー&

ジョイス作戦の結果が知りたくてうずうずしている。ローリーの表情から何かがうかがえるかと思って注意深く観察するが、食欲もおとろえず、別段気落ちしている様子もない。と、いうことはハワードをゲットしたのだろうか。それだったらまっさきにローリー本人がそう勝利宣言をするはずだ。どうなっているのか。教えてちょうだいよ。

しびれを切らしたレスリーがローリーにむかって言葉をかけた瞬間、ビール片手にジェッダと陽気に肩を組み、食卓になだれこんできたジェフが言う。

「今日は僕がダンスのセンセイでーす」

ダンスの練習はもう一週間も毎晩続いている。教えるのはニコとジョイスなのだけれど、ジョイスは女性のステップしかわからない。だから、ジョイスと組んで練習すると、両方が女役で、どうもうまく事が運ばないのだ。そこでジェフが「自分がやる」と言いだした。ニコとジェフが相手になって、ジョイスがローリーと私のステップをチェックする。これなら完璧《かんぺき》。でも、と私はいぶかる。車をいじくるだけが無上のよろこびのジェフがダンスのステップを踏めるのか。ところがどうして、音楽をかけて踊りはじめると、ニコのたくみさなんて問題にならないほどにうまい。別人のように軽やかにステップを踏むジェフに、目を細めながらリズムをとっているジェッダが懐かしそうにつぶやいた。

「私たちもプロムカップルだったのよね」

ジェフとジェッダの最初のデートがシニアプロムだった。ジェフは思い焦がれていたジェッダをエスコートするために、なんとダンス教室に通ってレッスンを受けたのだという。一カ月の血豆とアザの成果がふたたび今よみがえった。私はジェフのよどみないリードで昨日までできなかったステップが踏めるようになった。もう有頂天である。ローリーも頰《ほお》をピンクに染めてジェフのリードに身をまかせ、目を閉じている。きっとハワードとのダンスシーンに想いをめぐらせているのだ。ダンスの技量はこれでほぼ互角になった。ローリーも私もワルツだけは踊れるようになったのだから。さて、問題はハワード様だ。

またまたその晩、枕を持ってレスリーの部屋をたずねた。ふたりとも堂々めぐりの協議に疲れてきていた。レスリーの結論は、ローリーもハワードから明確な答えをもらっていないはずだから、やっぱりもう一度懲りずに当たって砕けろ、だ。私もそう思う。でも、シニアプロムはもう一カ月あまりに迫ってきている。今日が四月の二十日。プロムは五月の三十日だ。卒業式が六月の十一日。と、考えたところでふいに涙がこぼれた。私がこのベイリー家にいられる日々はもう二カ月しかない。そう思い至ると、もうプロムもクイーンもどうでもいいように感じられた。そうしたイベントがすべて終わってしまうということは、まぎれもなくこのベイリー家にサヨナラすることなのだ。ウワーと叫んで走りだしたいような、やり場のない感情がおなかを中心に沸き立ってきた。イヤだ。ゼッタイにイヤだ。この人たちと離れて暮らすことなんて私には考えられない。イヤだ。ゼッタイにイヤなのだ。

ポロポロ涙をこぼす私にレスリーが手を差しのべる。

「大丈夫。まだ決まったわけじゃないんだから。ね、泣かないで。そりゃローリーのほうが一歩か二歩くらいは先を行っているわよ。でもまだわからないでしょ。ハワードにだって選ぶ権利っていうもんがあるんだから」

涙の意味をとり違えたレスリーはあらゆる言葉で慰めてくれる。でもあと二カ月したらもうこのレスリーとハチャメチャな冒険もできなくなる。それでジョイスに怒鳴られ、外出禁止の制裁にふたりでフテくされることも、もうないのだ。私は骨を抜かれた魚のようにぐにゃりと身体《からだ》を投げだし、放心したように涙をこぼしつづけた。

私の気持ちは決まった。もうハワードにこだわるのはやめ。昨日の晩、意味不明の涙を流しつづける私に代わってもう一度招待状を確かめていたレスリーが奇声をあげた。

「ユーコ、ハワードはキングの候補者じゃない！」

うかつではあったが、考えてみれば彼がキングの候補者になるのはあたりまえで、それに気がつかなかった私はそうとうにオッチョコチョイだ。

「クイーンとキング候補がカップルとしてプロムに登場、そのままキングとクイーンに選ばれるっていうのはどう？　そうなればまさしく前代未聞のできごとよ！　キャーステキ！
レスリー」
はどうしてもハワードと私のカップルを実現させたいとますます意気ごむのであった。が、私にとってはそんなことよりも自分がこのハートランドを、ベイリー家を後にしなくてはならない現実のほうがはるかに重大だった。プロムのクイーン候補に選んでくれた学校のみんなの気持ちすらわずらわしく、落ちこむばかりだ。

翌日もその次の日も、まったく戦闘意欲を失った私はなにもしなかった。そしてそれから五日後の夕食のテーブル。

「ユーコ、アナタが勝ちよ」

デザートのゼリーを頬張っているときに唐突にローリーが言い放った。皆、ゼリーを飲みくだし、目を白黒させている。

「今日ね、ハワードに言われちゃった。プロムをエスコートするならユーコにするって。だからアナタがハワードの相手に決まりね」

あまりに突拍子もないローリーの言葉に私は面喰らった。だっておかしいよ、そんなの。私がハワードを意中にしていることすら伝えていないのに。じゃあ、なに、ハワードほどのモテモテ男だったら、こんなにプロムが差し迫っているこの時期でも、ひと声かければ誰でもふたつ返事でＯＫするってわけ？　ウヌボレルにもほどがある。

「でも、ハワードがアナタに決めていたのだから、いいじゃあないの。行きなさいな彼と。

そしてうんと楽しいプロムにするのよ」

ジョイスのこのひと言ですべてがかたづいた。が、私はひきつづきジクジクとハワードの「ヤナ奴」さ加減を心で呪《のろ》った。だってそうでしょう。もし初めから私を誘ってくれるのなら、もっと前に意思表示をしてくれるべきだ。それになんでローリーから間接的にこういう誘いを受けるのよ。私は問題解決にはしゃぐベイリー家とは裏腹に、さらに気分が落ちこんでいった。

ハワードが正式にエスコートを申し出たのはそれから一週間も経ってからだ。それも廊下ですれ違いざまに「アッ、ユーコ、プロム、オウケイでしょ？」と、まるで放課後にマクドナルドに誘われるような感動のないものだった。フットボールがすべてに優先するハワードにとって、プロムなんてものは鬱陶《うっとう》しいだけのお祭り騒ぎにすぎないのか。ドレスやタキシードの打ち合わせも、きっと面倒臭いのひと言でかたづけられるだろう。まるっきり世紀のイベントに賭ける情熱がない。なんだかハワードに誘われたことが実は不幸なことのように思われる。

仕方がないから、ドレスはジョイスと足を棒にして探し歩いた。深いサーモンピンクのノースリーブドレスで、背中が大きく開いている。ちょっとセクシーすぎるんじゃないか、と迷ったが、ジョイスが「ほかに飾りがないから少しくらい背中にポイントがあってもいい」としきりにそれを勧めたので、決めた。ドレスも靴も、ニコとジョイスからプレゼントされた。レディとしてのデビューを祝って親が贈るのが習慣だという。靴は白いサンダルヒール。ヒールはなんと七センチもある。合わせたバッグも白。あとはジョイスの小ぶりのダイヤのイヤリングを借りることにした。そして問題のコサージュ。ハワードは相変わらずフットボール場で練習ばかりしていて、満足に話をするチャンスもない。ドレスの色も伝えたかったし、ハワードのタキシードの色も知りたかった。が、けっきょく当日の待ち合わせの段取りを電話で一度話しただけ。ジョイスのアドバイスで、ハワードのタキシードが白でも黒でも似合いそうなブートニアを注文した。私のコサージュについてはもうハワードにまかせた。忘れないで用意してくれればめっけもんだ。

ローリーはお隣のアルバートとプロムに行く羽目になった。いまひとつ釈然としないものが私の心を覆っている。

さて、いよいよ当日。プロムの会場に行く前に、カップルはどこかで夕食を共にするのがこれまた習わしである。私は公私ともに親しくしているスペイン語のアンダーソン先生夫妻と食事をすることになった。ハートランドからは車で一時間ほど離れた瀟洒《しょうしゃ》な日本料理店。この店を選んだのはハワードで、いつのまにか予約をし、アンダーソン夫妻に連絡をとっていた。

ハワードが迎えにくるのが午後五時。ローリーもまったく同じ時間にアルバートがやってくることになっていた。

朝からベイリー家は落ち着かない。私はゆっくりとシャワーをあびて髪を洗った。髪を結ってくれるのはジョイスだ。近くに美容院もないハートランドの事情で、きっと今ごろ女の子は皆、家族や友達を総動員して支度を整えているはずだ。ファッション雑誌と首っぴきでジョイスがなんども髪型のリハーサルをしてくれた。ローリーはレスリーが担当する。お昼は軽めにサンドウィッチをつまんだ。気がはやってあまり食欲がない。まるで結婚式に臨む花嫁のようだ。マニキュアをし、サンダル靴なので、足の指にも同じ色のペディキュアをした。ガウンをはおったまま、ジョイスの寝室で髪の毛をふんわりとしたアップに結ってもらう。コサージュの花の種類がわかれば、同じ花を髪に飾れたのに残念ねえ、とジョイス。この言葉でまた私の心は曇りがちになった。ほんとうにハワードはコサージュを持って迎えにくるのだろうか。

ドレスを着て、サンダルを履く。細くとがったヒールがリビングルームの絨毯《じゅうたん》に突き刺さりなんとも安定しない。一歩踏み出すたびにグラグラと身体が揺れる。こんなことでダンスが踊れるのだろうか。ニコが心配そうにワルツを一緒に復習してくれた。アンディが「プリティ！」とお世辞を連発する。

ハワードにあげるブートニアが届いた。ピンクの薔薇《ばら》とかすみ草、白いリボンがあしらってある。ケーキのように箱に入れられたブートニアは文句なく美しかった。これをハワードのタキシードにつけてあげる。その場面を想像するとやっぱりドキドキしてきた。ローリーも支度ができてリビングルームに降りてきた。レモンイエローのドレスにシフォンのスカーフをはらりと首に巻いている。素敵だ。髪はきゅっとひっつめて、同じレモン色の小花が散らしてある。いいな。アルバートときちんと打ち合わせたのだ。お互いをじゅうぶんに意識しながら、私たちは並んでソファに座った。

「ローリーとても素敵よ」

「ユーコもドレスがすごく似合っているわよ」

言葉少なにお互いのドレスを褒めあった。

車寄せにハワードの車がとまった。つづいてアルバート。ハワードはいつものフォルクスワーゲンではなく、銀色にかがやくマスタングでやってきた。さっそうと車から降りてくる姿はくやしいほどにスマートだ。黒のタキシード。手には大きな正方形の箱。ドアをニコが開ける。礼儀正しいハワードはジョイスにも軽く抱擁して挨拶《あいさつ》する。そして私。完全に緊張しきってニコリともできない。ハワードが近寄ってくる。なぜか後ずさりしてしまう。

「ユーコ、すごく素敵《プリティ》だね」

アンディが百回口にした「プリティ」という単語。ハワードの口から発せられるとまったく別の言葉のように響く。

ハワードが差しだした箱には、なんと、ピンクの薔薇のつぼみだけをアレンジしたコサージュが白いリボンをかけられて入っていた。そして脇には髪に飾るように数本の同じ薔薇が添えられている。ボオーッとつっ立っている私から、ジョイスが箱をひったくるようにして受け取り、歓声をあげながら私の髪に薔薇を飾る。うれしくて鼻のあたりがツーンとした。

日本料理はほぼ一年ぶりだった。ハワードはよくしゃべりアンダーソン夫妻をおおいに笑わせた。お箸《はし》の使い方を教えてくれと言って、私が話の中心になれるように気を配ってもくれた。学校の廊下で見かけるクールな印象とはかけ離れた優しさが身にしみた。緊張のこわばりもじゅうぶんにほぐれた頃、私たちはハワードの車で学校に向かった。プロムはきっかり九時から始まる。

駐車場はピカピカの車であふれている。ロングドレスとタキシードのカップルがしずしずと会場になっている体育館に移動している。皆普段からは想像できない正装で、いったいそれが誰なのかよく目をこらさないと判別できない。あちこちでキャーとかワーとかお互いを褒めあう歓声があがっている。こんな気取った華やかな雰囲気は初めてのことだ。

ファンファーレとともに開会。最初にキングとクイーンの候補者があらためて入場する。キングとクイーンの候補がカップルとして入場したのはハワードと私だけだった。ひときわ大きな拍手が起こる。照れる。恥ずかしいがどこか誇らしく、私はハワードの腕に添えた手にちょっぴり力をこめた。

会場が突然真っ暗になる。大歓声があがりプロムの始まりだ。最初はワルツ。体育館とは思えない凝った照明と音響で、やや場違いなワルツが始まる。ぶつかるカップルやはやくも転倒する女の子もいる。連日の特訓で足が思うように動かないらしい。

ハワードはできすぎだ。ワルツでもなんでもやすやすとこなす。こういう一身に美貌《びぼう》と能力を集めた存在はやっぱり不公平な気がする。

夜がふけるにつれプロムの演目はフォーマルからほとんどディスコへとなだれこんでいった。女の子たちはヒールを脱ぎ捨て、裸足《はだし》になって本来の姿をとりもどしつつ、激しい曲に身体をあずける。みんなやっとパーティの気分が盛り上がってきたようだ。パーティはこうでなくっちゃ。

そして午前零時。投票用紙と投票箱が回される。キングとクイーンを選ぶときがきた。私はキングにはハワード、そしてクイーンにはまよわずシンディ・オースティンと書いた。大好きなシンディに絶対クイーンになってもらいたい。投票と開票の間はひと息いれるスナックタイム。ポテトチップスを頬張り、コーラやビールを片手におしゃべりする。もうほとんどいつものパーティと変わらない。ドレスにシワがめだつ。髪もほつれてきていた。まめな女の子はトイレに行ってはお化粧を直して登場するが、私はやめておいた。ずっとハワードのそばにいたかったから。一曲目のダンス以来、ハワードと私は手をつないだまま。どこに移動するにも、飲み物を取りに行くにもずっと手をつないだままだ。私のなかに自分たちがほんとうのカップルのような幻想が生まれつつあった。ハワードもひょっとしたらこれから私と付き合おうと思っているのかもしれない。ウワー、そうだったらどうしよう。日本に帰るなんてできない。こんな幸せをむざむざあきらめるなんて。

会場が水をうったように静まりかえった。

発表だ。

「キング、ハワード・ダルトン！」

ワーという歓声にキャーという黄色い悲鳴も加わって会場が揺れた。ひとしきり騒ぎのあとにまた息をのむ静寂。

クイーンの発表である。

「クイーン、ユーコ・アンドウ!!」

ギャーとかキャーとかいろんな声が聞こえた。ハワードにひっぱりあげられるように私も立ち上がる。できすぎだ。どう考えてもできすぎ。拍手とまわりを取り囲む友達からの祝福のキスの嵐。シンディも駆け寄ってくる。私はもうなにがなんだかわけわからず、その場に立ちつくす。ハワードが私の手をとって前に進みでる。いつぞやバーでレスリーと私の身柄を確保してくれた校長先生が、ハワードにキングの冠と赤いマントをかける。私にもティアラを頭にのせてくれた。またもや大歓声。さすがのハワードも顔を赤らめてうつむいている。赤いマントを着せられた姿は、あの星の王子さまそっくりだ。ハワードという人はきっとものすごく照れ屋で恥ずかしがり屋なのだ。だからキャーキャー騒ぐ女の子にはわざとそっけない態度をとる。そうやって自分が騒がれるのが鬱陶しいのではなく、気恥ずかしいのだろう。照れるあまりにフットボールばかりやっているのだ。なんだか純情ではないか。私は赤マントのハワードがものすごく好きになった。

ベイリー家にもどったのは朝の五時。ニコもジョイスもキングとクイーンを起きて待っていた。ひと足先にもどっていたローリーたちと六人でコーヒーを飲んだ。幸福でおだやかな朝が明けようとしていた。

帰ろうとするハワードを車まで送っていった。まだ私たちは手をつないでいた。車のドアを開けたハワードがくるりと向き直って言った。

「今日はすごく楽しかった。ユーコも僕とおなじくらい楽しんでくれていたら嬉《うれ》しいよ」

「もちろん。ほんとうに楽しかったわ」

明日も会える？　と聞くなら今しかない。

さわやかな、いかにも非の打ちどころのない笑顔でハワードは言った。

「ユーコ、今日はハートランドの大事なゲストをエスコートできて嬉しかった。じゃ、また学校でね」

大事なゲスト。彼は留学生の私に最高のプロムをプレゼントしようとしたのだ。それはユーコ・アンドウという女の子に対する興味ではなくて、優等生のハワードらしい「ゲスト」に対する思いやりだったのだ。

うすら淋《さび》しい思いがこみあげる。ひょっとしたらハワードも……なんて思った私のほうこそウヌボレていた。でもこれでいいのだ。プロムという一夜の夢を思いっきりふくらませてくれた。完全無欠のシニアプロム。そして完全無欠のハートランドのキング。心からありがとう。ハワード様。

第17章
グッバイ！　ジャパニーズドール

アメリカン・クッキングブック。ジョイスがキッチンのすみにいつも置いて愛用している料理の本。赤い表紙に小麦粉やケチャップがこびりつき、ページのところどころが今にもはずれそうになっている。メモ用紙が何枚もはさみこまれ、ジョイスの書き込みに混ざってアンディのものとおぼしき落書きもある。ベイリー家の食卓にのぼる料理はほとんどすべてこの本に載っている。ボロボロだけど、何よりもベイリー家の匂いとぬくもりがぎっしりと詰まっている。そんな宝ものを、私は荷造りのしめくくりにそっとスーツケースに忍びこませた。ジョイスが「何か記念に欲しいものがあったら……」と言ってくれたので、迷わずこの本を欲しいと頼んだ。「えっ、あんな使い古しをどうして？」とジョイスはいぶかり「それだったら新しいものを買ってきてあげるから」と言ってくれたが、私はどうしても長年ベイリー家のキッチンにあって、毎日、毎晩、ジョイスをはじめとするベイリー家の人たちが手にとり、ページを繰ってきた、あの本が欲しいとゆずらなかった。ちょうど一年前、ベイリー家にやってきた私。ガレージをぬけて裏の入り口から最初に足を踏み入れたのがキッチンだった。そこには見たこともないような巨大な冷蔵庫がうなりをあげ、その脇のカウンターでレスリーが本に顔を埋めるようにしてじゃがいもと格闘していた。私の姿をみとめるなり、何も言わずにとびついてきたレスリー。あのとき、心細さと緊張でこわばっていた私を抱きしめてくれたレスリーのあったかい感触は今でもはっきりとおぼえている。そしてレスリーが首っぴきになっていたのがあの赤いアメリカン・クッキングブックだった。

ジョイスが消えてしまった数日間。お手伝いのルビーおばさんとのぞきこんで、あれこれ思案したのもあの本。ニコとジョイスの留守中に開いたパーティ。ポテトチップスにつけるサワークリームのディップの作り方もあの本が教えてくれた。クリスマスのフルーツミートパイなる未知との遭遇もあの本からだった。ありとあらゆる場面の記憶のなかに、かならず赤い表紙が浮かんでくる。料理自慢で、私のビリヤードの師匠であるグランマ・ベイリーのキッチンにもあの本があった。

あらためて手にとる。ページをめくるたびにいくつものできごとが立ちのぼり、ベイリー家の一人として囲んだ食卓の匂いとぬくもりが私をつつみこむ。私にとって、このアメリカン・クッキングブックはベイリー家での日々を余すところなく映しだしてくれる克明なアルバムであり、日記帳でもある。

日本に帰ってからこの本に載っているアメリカの御飯をいろいろ作って驚かせてあげよう。ベイリー家のキッチンにある、便利きわまりない強力なハンドミキサーも、汚した道具やお皿を一手に引き受けてくれる頼もしい食器洗い機も日本の我が家にはないけれど。ケーキといえば、駅前のケーキ屋の苺《いちご》のショートケーキがすべてのアンドー家で、この本の「バナナブレッド」や「ピーカンパイ」を作ってあげたら、どんな顔をするだろう。それでベイリー家のキッチンの様子や、どうやってジョイスが玉ねぎのみじん切りをするのか（彼女は包丁を使わない。玉ねぎを丸ごとミキサーのなかにほうりこんでスイッチを押すだけ）、話して聞かせたい。母が「信じられない」と目を見開くにちがいない。ハンバーグはアメリカには存在しないことも、ちゃんと言っておかなくちゃ。ハンバーガーにはさむのは、ハンバーガーパテと呼ばれて、アンドー家で食するハンバーグはむしろジョイスが得意とするミートローフに似ている。そうだ、ミートローフも作ってその違いを説明しなくては。

卒業式が終わって私の帰国の日が刻々とせまってきていた。一日が過ぎるのが早すぎる。ニコとジョイスは残された一カ月に、できうるかぎりの経験をさせてあげたいと、どこからかキャンピングカーを借りてきて旅行を計画してくれた。キャンピングカーとは言うもののの、それはあらゆる設備が整ったまさに「動く家」（モービルホーム）。キッチン、トイレ、シャワー、ごく小さなものだけれど実に機能的に配置されている。小型のバスほどの車体の後部にはテーブルとソファが、そしてテーブルを折りたたむとソファがクイーンサイズくらいのベッドに変身する。大人が三人くらい楽に寝られる。さらに運転席の後ろにもベッドが引き出せるようになっていて、もう二人くらいは寝られる。これでザコ寝をいとわなければ七、八人は一緒に旅することができるだろう。ニコとジョイスの計画は、この「動く家」に、行けるベイリー家のメンバーは皆乗り込み、あまり目的地を定めないでゆっくり気のむくまま、ミシガン湖から北のほうに旅をしてみよう、というものだ。最終的にめざす北の山あいの街には、ジョイスのご両親、グランパ&グランマ・ノートンが住んでいて、私に是非とも会わせたいという。日程は二週間。ちょうど残された時間の半分だ。計画が夕食の席で発表され、なんとほぼ全員が「行く！」と即座に答えた。ニコ、ジョイス、デビー、デビーの婚約者のスティーブ、ジェフとジェッダ、レスリー、ローリー、クリス、アンディ。それに私。これで十一人。さらに、グランパ&グランマ・ベイリーも別のキャンピングカーで参加することになった。それに、結婚して別に住んでいる長女のジェニーとレオの夫婦、その娘四歳のエイミーもグランパ・ベイリー号に乗って加わることになった。二台のキャンピングカー、二軒の「動く家」に総勢十六人。たいへんな旅になりそうだ。

ベイリー家の娯楽はいつもいたって質素だった。留学生としてはるばる日本からやってきた私に対して、何か特別な経験をさせてあげようという気負いがまったくない。あたりまえのベイリー家の日常をそっくりそのまま私に差しだしてくれた。ベイリー家は、最初の日から私を留学生という「ゲスト」ではなく、「家族」として迎えいれてくれた。守るべきルールを与えられ、果たすべき役割を課せられた。見栄をはった食事を用意するでもなく、手のこんだお弁当をもたされることもなかった。ほかの家族となんらたがわず、道理の通らないことをしでかせば、遠慮なく怒鳴り、叱《しか》りとばされた。素顔の、アメリカのひとつの家族のメンバーとして、私はしっかりとそこに組み込まれた。

四季折々のアメリカの行事、イースター、ハロウィン、感謝祭、クリスマス、心おどるそうしたお祭りの日々も、いつものベイリー家のやり方で、私に新鮮な経験をさせてくれた。見るもの聞くもの食べるもの、すべてがはじめて接するアメリカだった。テレビや本で仕入れていたわずかばかりの知識は、本物の肌触りを知って初めて「息をする」アメリカになった。それは想像どおりであったり、多くはまったくかけ離れた「アメリカ」であった。そして、取り巻く環境や形こそちがえ、ベイリー家に暮らす人々が日々心をくだくできごとやさまざまな問題は、日本の我が家となんら変わることがない。私はそんなあたりまえのことを、一年というきわめて短い時間のなかで事あるごとに感じつづけた。それもこれもベイリー家が、つとめて私をほんとうの家族として受け入れようとしてくれたからだ。

こんなこともあった。その日は私の誕生日だった。偶然にも日曜日。もっとゆっくり寝ていたいと「ゲットアーップ！」といういつもながらのジョイスの起床ラッパを無視していると、乱暴に部屋に入ってきたレスリーに毛布をひっぺがされた。

「今日はこれからソフトボールをやりに公園に行くのよ。ほらほら、そうやって寝たふりしないの！」

と、無理矢理スエットの上下に着替えさせられた。キッチンにしぶしぶ降りて行くと、ジョイスがゆで卵を二ダースほど作りながら、ツナサンドウィッチを山のようにこしらえている。かたわらではクリスがアイスボックスにビールやコーラ、その他の飲み物をこれまた大量に詰めこんでいる。時刻はまだ八時をまわったばかり。いったいこの人たちはよりにもよって私の誕生日に何をしようというのか。答えは公園でのピクニックとソフトボール。誕生日を祝うために、そこいらじゅうの人たちに声をかけ、ざっと見積もっても三十人をくだらない人たちが公園に集合し、大人はビールを飲みながら、私たちはソフトドリンクを片手に、朝からソフトボールに興じた。試合に一応の〝かた〟がついたところで、お隣のジョーンズ家が焼いたバースデーケーキが登場し、私はみんなが持ち寄った抱えきれないほどのプレゼントに埋もれた。あんなに笑って走って、楽しくて嬉《うれ》しい誕生日は記憶にない。私の誕生日を、彼らはいつもの休日のとっておきの楽しみ、ソフトボールの試合で祝ってくれた。それもベイリー家から車で三分のごくごく日常の公園で。考えたらレスリーの誕生日もそうだった。みんなでソフトボールを同じ公園でした。私の誕生日だからといって、日本料理店にでもくりだし、特別な祝い方をしないベイリー家は洒落《しゃれ》ている。こういうお金をかけない楽しみをどれほど教えてくれたことか。

そして二軒の「動く家」による私への「フェアウエル・ジャーニー」(さよなら旅行)も、あの誕生日のソフトボール大会の精神そのものだった。その日に走れる所まで移動し、適当なキャンプ場で泊まる。簡易式折りたたみチェアをキャンピングカーの外にぐるりと人数分ならべ、お決まりのハンバーガーやバーベキューで夕食をとる。大人はビールを飲み、子供たちは焚《た》き火のまわりで走りまわる。そんな日のくりかえし。でもそれが、ミシガン湖のほとりで、息をのむような夕陽のもとであったり、雄大な、あまりに雄々しい山の影におびえるような川原であったり。皆が火を囲んでとびきり濃密な時間をゆったりと過ごす。それだけ、と言えば、ただそれだけ。でも、薪《まき》がパチーンとはぜて、オレンジ色の光を一瞬はねあげたとき、そこに浮かびあがったちょっと上気したジョイスのえもいわれぬ幸せの表情を私は忘れない。満ち足りるとはこういう時間のことなのだろう。なんにもとりたてて格別なことはないけれど、家族が一堂にそろって同じ空間に身をゆだねる。それぞれに去来する思いはちがっても、誰しもが深い自然の息吹《いぶき》のなかにつつみこまれ、そこにいて、確実になにかの絆《きずな》でむすばれていることを実感しているような。私は今でも、あのときの一人一人の顔を正確に記憶している。どの顔も、鎧《よろい》を脱いだ家族の顔をしていた。

旅行はまたたくまに終わった。あとは観念した私がこの家を去るだけだ。一日が、それこそ百日のようにかけがえのない時間に思われた。が、実際には帰国の荷造りや学校への挨拶《あいさつ》に追われて、なにがなんだかわからないくらい、矢が飛ぶよりも早く一日が過ぎていってしまった。私は毎晩祈った。「どうか日本に帰らないですみますように」と。

けれどもその日はやってきた。ベイリー家を去る日が。覚悟はしていたけれど、自分がどう「サヨナラ」を言ってこの家から出ていくのかがわからない。私がデトロイトの空港から飛行機に乗るのは午後一時。逆算すると十時にはここを出発しなくてはならない。珍しく、ジョイスに起こされる前に私は目覚めた。まだ六時を過ぎたばかりだ。あとの四時間は、この家のすべてに「サヨナラ」を言うために使いたい。地下のスイミングプールに、ガレージのジェフのポンコツに、キッチンのあの冷蔵庫に。そしてファミリールームの暖炉とピアノに。

Tシャツとジーンズでキッチンに降りて行く。誰も目覚めるには早すぎる。一人でたまにはコーヒーくらいいれてみようか。ところがどうしたことだろう。目をこすりながら降りて行ったキッチンでは、ニコとジョイスがいれたてのコーヒーをすすっていた。そして信じられないことにレスリーもローリーもクリスもファミリールームにいるではないか。

おどけた素ぶりでジョイスに「おはよう」と抱きつく。突然、彼女がところかまわずの大声で泣きだした。つられてファミリールームの一団がすすり泣く。不意をつかれた私は流れだすはずの涙がポタリとも出てこない。私の胸に顔をこすりつけるようにして泣くジョイスの背中をさすりながら、いったいこの先どうしたものやら、と途方にくれる。

と、こういうときにタイミングよく現れるのがジェフとジェッダだ。

「まったくこの騒ぎはなんなんだよ」

ジェフはそう言いながらジョイスの肩を抱いて、私からそっと引き離す。寝坊にかけてはベイリー家の横綱カップルがこんなに早く起きてくることのほうが「いったいどうしたのよ」と憎まれ口をききたくなる。昨日の夜は皆いつもとまったく変わらなかったくせに。

「じゃ、ちょっと早すぎるけれどワッフルを焼いて朝御飯にしようよ」

キッチンに立った姿を見たこともないジェッダが、冷蔵庫から卵をとりだし、小麦粉と混ぜあわせる。その異様なぎこちなさを目にしたジョイスは、あわててボウルをジェッダの手からもぎとり、洟《はな》をすすりながら小言を言う。

「ジェッダ、こんなに粉と卵はこねくりまわしちゃだめなの。焼いたときにサクサクするようにこうやって切るように混ぜるのよ、ほらボーッとしてないで牛乳とってちょうだい」

キッチンはいつもの日曜日の朝の風景にもどった。

私はレスリー、ローリー、クリスに向かって叫んだ。

「ね、湖に泳ぎに行こうよ！」

寝ているアンディをたたき起こし、私たち五人は湖に走った。朝の清々とした太陽に穏やかな湖面が浮き立って見える。アンディが飛び込み、クリスがつづく。ローリーと私も頭から湖につっこむ。さすがに水はひんやりと冷たい。一気に五十メートルくらい沖にあるデッキをめざす。あとから追いついてきたレスリーと三人。デッキの上にあおむけにねそべる。目をとじて、ほんのりと太陽の熱が身体《からだ》をおおう感触を味わう。明日の今ごろはもうロサンゼルス。ここにはいないんだと思うと、悲しいよりも不思議な気持ちになる。ずっと、目を覚ませば窓の外にこの湖が広がっていた。ハダカで泳ぎまわり、この湖岸を何度一人でトボトボ歩いてグランマ・ベイリーに会いに行ったことか。

「ね、私今日、ユーコを送っていかないからね」

レスリーがポツリと言う。

「うん、別にいいよ」

私たちはしばらく寝そべったまま、ひと言も言葉を交わさなかった。

朝食は少しだけ特別だった。ワッフルに新鮮なブルーベリーとラズベリーが添えられていた。私の気持ちをくんで外のパティオに食卓が用意されている。湖からもどってきた五人は水着の上にTシャツをはおっただけで、盛大にワッフルにかじりついた。ニコは焼いても焼いてもなくなるワッフルを補充するのに必死。コーヒーを何杯もお代わりし、私はもくもくとワッフルを食べ続けた。いつもならかしましいくらいにぎやかなベイリー家の食卓は、誰も適当な話題を見つけられず、フォークとナイフの音だけがやけに大きく響く。おしゃべりでお調子者のアンディも静かだ。私はここでなにか気の利いた感謝の言葉のひとつでも言わなくてはならない、と焦ったが、言葉が口をついて出るまえに、熱いかたまりのようなものが喉元《のどもと》にこみあげてきてしまう。けっきょくワッフルを四枚もたいらげ、コーヒーを三杯も飲んで、何も言えずに食事を終えた。

時間はもうない。空港にはニコとジョイスだけが行くことになった。アンディも行くと言って騒いだが、私が辛いからと、レスリーに言いきかせてもらった。

玄関の前にベイリー家のメンバーが並んでいる。

デビーとスティーブ。

「BE A GOOD GIRL」（いい子でね）

ユーモアたっぷりに私を交互に抱きしめる。

ジェッダ。

「WELCOME BACK!」（おかえりなさい！）

あいかわらずこの人はあたたかい。

そしてアンディ。

「YUKO, I REALLY LOVE YOU!」（ユーコ、ほんとうに愛しているよ！）

どこまでも、憎いヤツだ。私はもう一度、自分のほうから彼を抱きしめる。一年ですっかり背も伸びた。

「THANKS ANDY, THANK YOU FOR EVERYTHING!」

ありがとう。ほんとうにアンディありがとう。あなたにどれだけ助けてもらったか。英語もおかげで少しはしゃべれるようになりました。

ここで私の喉にひっかかっていた熱いかたまりが破裂した。涙がほとばしるように目からしたたり落ちる。とうとうしゃくりあげ始めた私に、アンディが困ったヤツだなあという顔をしてささやく。

「DON'T CRY YUKO, DON'T」（泣いちゃダメだよ、ユーコ、ね）

うんうんとうなずきながら一層はげしく泣きじゃくる私をジョイスがうながす。

「さ、もう行かないと。あれ、クリスは？」

「クリース！　もうユーコは行くわよ！　どこにいるの！」

「クリース！」

二階の窓が開いてクリスが顔をだした。

「なにやってんのよ。早く下に降りてらっしゃい！」

クリスは首をふると、

「バーイ、ユーコ！」

と、そっけなく叫んだ途端に窓をバタンと閉じてしまった。

照れ屋のクリス。しょっちゅう喧嘩《けんか》もしたけれど、なにかにつけて歳下のくせに兄貴のように心配してくれた。クリスの気持ちがじんと胸にきた。

「さ、ほんとうに行かなくちゃ、ね」

でも、レスリーとジェフがいない。さよならを言っていない。どこに行っちゃったんだろう。辺りを未練がましく探す私にジョイスがせきたてる。ガレージからニコが運転するオールズモービルが出てきた。さ、早くと、追い立てられるように後ろのドアを開けて乗り込もうとした。

「ウワア」

なんとそこには身を丸めて隠れているジェフとレスリー。

「ウエルカム!!」

どうしてこう楽しい人たちなの。私は泣き笑いながら車に乗り込んだ。ジェフとレスリー、ふたりは私を真ん中にぴったりとはさむようにして車は出発した。

「レッツ・ゴー・トゥ・ジャパン！」

出発の合図はニコだった。

空港でのことはよく思いだせない。どういうふうにジョイス、ニコ、レスリーとジェフにさよならを言ったのかその光景が浮かんでこない。すべてを振り切るようにして飛行機に乗り込んだから、たぶんそのときの自分の心はありとあらゆるものにシャッターを閉ざし、何も感じないようになっていたのだと思う。さもなければ、私が搭乗ゲートをくぐれたはずがない。なんど思い返しても、空港に着いてからの会話も、行動も、なにも思いだせないのだ。ただ、飛行機の座席に身を沈め、機体がグッと前に動きだしたその瞬間に、それまでこらえていた残りの涙が吹き出した。それは私が経験したそれまでの別れのなかでも、突出して苦しくやり場のないものだった。

私はいつのまにか眠っていた。ロサンゼルスの空港に着いて、またあらたな淋《さび》しさがこみあげてきた。一度おなかの奥底まで追いやった感情のうねりが喉元まではいあがってくる。大きな深呼吸をした。もうミシガンに帰るわけにはいかないのだ。

私の予定では、一晩ロスの街に泊まって翌朝の飛行機で日本にもどることになっている。どこに泊まるかについては、無謀なことに決めていなかった。とりあえず、空港のホテル案内のカウンターに行く。が、どこも空港周辺は高い。私が選んだのはロスのダウンタウン、リトルトーキョーにある、なぜか「ホテル・ニューヨーク」。なにせ一晩七ドル。私はロスの街に行ける興奮も手伝って飛ぶようにバスに乗り、一路リトルトーキョーをめざした。

果たして、「ホテル・ニューヨーク」は聞きしにまさるオンボロ木賃宿であった。現在でも存在しているらしいので、あまりヒドイことは言えないが、当時でも珍しい手動のエレベーターが、瀕死《ひんし》の状態でギギィーとやっとこさ私とその荷物を運びあげる。ベイリー家を去ることの悲しさと重さにかろうじて耐えている身に、たどり着いたホテルの部屋はこれでもかと完璧《かんぺき》なまでに追い撃ちをかけた。

シャワーはもちろんのこと、トイレも共同。部屋にあるのは、両手をつっこめばそれでいっぱいの極小サイズの洗面台だけ。それにベッド。洗面台よりもさらに小さい窓から外をのぞけば、切り取られたリトルトーキョーのバーの物哀しい看板が見える。私はしばし茫然《ぼうぜん》とベッドに腰かけ、自分のやるべき事を考えた。そしてひとつの結論にいたった。そうだ、ミシガンに帰ろう。やっぱりここにいるのは間違っている。そう心が決まると私の行動は素早い。いちいちボタンを押して、やってきたらヨイコラショとじゃばらのドアを開け、またヨイコラショとドアを閉め、ボタンを押しても二秒はなんの反応もしめさないエレベーターに乗っている場合ではない。非常階段を二段跳びで、フロントとは名ばかりの「番台」に駆け込む。そこにしか電話がないからだ。

番台には六十をとうに過ぎたオバサンがいて、息をきらせて非常階段から転がりこんできた若いオンナをうさんくさげにチラリと見やる。

「あの、電話をかけたいんですけど」

「ああ、電話ね、うちは言っておくけど、ここらへんでは名の通った老舗《しにせ》なんだからね、みょうなオトコを呼んだりして商売してもらっちゃ困るのよ」

「そうじゃないんです。私、家に帰ることにしたんです！　やっぱりこれはおかしいって気がつきました！」

「そうかい、そりゃよかった。わたしもさ、アンタが来たときからなんかフカーイワケがあるとは思っていたのよ。ね、人生長いからね、アンタよう く考えてまっとうな道を生きるんだよ」

オバサン早く電話を貸してよ。

ほとんどここのエレベーターと変わらぬ緩慢さでオバサンは電話を番台の上にヨイコラショとのせた。

私は受話器を取り、勝手知ったるミシガン州のエリアコードにつづいてベイリー家の番号をまわした。ハートランドは朝の三時だ。

「ジージー」

電話は虚《むな》しく呼びだし音だけをくりかえす。

「ジージー」

「イエス、ディス・イズ・ベイリー・スピーキング」（こちらはベイリーですが）

「ジョイス？　ニコ？　ディス・イズ・ユーコ！」

受話器の向こうでさざめく音がする。

「ハーイ、ニコだよ。どうしたのこんな時間に。ユーコ！　ちゃんとロスに着いたの？」

もうたまらない。ニコの声に私のすべての細胞が反応する。

「ニコ？　ジョイスに代わって」

「ユーコ？　どうしたの？」

私の期待よりも数十倍冷静な響きだった。

「ジョイス？　私帰る。ミシガンに明日帰るから！」

しばらくの沈黙があった。

「ユーコ、それはだめよ。アナタは、明日、日本に帰るのよ。いい、それはもうみんなで納得したことでしょう」

「ううん、ちがう。私はこれからずっとジョイスのそばにいたいの。私の家はそこだから」

　またしばらくの沈黙があった。

「ね、お願い、迎えに来て！」

　それだけ言って私は受話器を置こうとした。

　おそるべし、「ホテル・ニューヨーク」のオバサン。その受話器を自分でさも当たり前のように受け取って話に参加する。

「まあ、この子もこう言って家出についてはフカーク反省しているみたいですから、オヤゴさんたちもこのくらいで許してあげてくださいな。私が明日の朝、責任をもってこの子を送りだしますから」

　あまりに話があらぬほうへと運ぶので、安らかな睡眠をとっていたニコもジョイスも返す言葉に窮しているようだ。私はそういうことではない、と決然と受話器を奪い取る。

　もう一度おなじ言葉をくりかえした。

「お願い、迎えに来て」

　私はもう涙声で哀願する。

「ニコ？　お願い、私もう日本には帰らない。ずーっとずーっとベイリーの家にいたい。お願い、どうか迎えに来て！」

　受話器が汗でどろどろになっていた。それでも私は頑《かたく》なに受話器を握りしめ、犬のサムがエサをもらえなかったかのような、悲惨きわまる懇願のおたけびをあげた。

「ニコ？　ジョイス？　お願い迎えに来て！」

それからすすり泣くジョイスの声が聞こえた。

最後に電話をしめくくったのはニコだった。

「オウケイ、ユーコ。オウケイ。いつかまたもどっておいで。いつかかならず。でも今はさよならしなくちゃ。アナタの家族がみんな待っているでしょう。ニッポンで」

「ちがう、全然ちがう、私の家族はベイリーのみんななのよ！」

まるで聞き分けのない私に、ニコはまたしばらく黙った。

そしてきっぱりと言った。

「グッバーイ！　ジャパニーズドール」

私は「ホテル・ニューヨーク」の番台で、放心したように受話器をオバサンに手渡した。

あとがき

ちょっと出来すぎのドラマのような一年じゃないか。

今回、文庫本にしていただくことになってあらためて読み返してそう思った。まるで他人事のような感慨にしばしふけって、あの日々がどれほど今の自分から遠いものになってしまったか、ちょっぴり淋しくもあった。でも、十六歳から十七歳にかけてのアメリカは、ほんのわずかな時間であったけれど、私の心の根っことして今も確実に存在している。それは、自分でも気がつかないくらいごくありふれた毎日の時間のなかで、「エイヤッ」と私の背中を押してくれたり、「うん、ちょっと待てよ」と考えるヒントを与えてくれたりする。見ず知らずの家族の一員となり、学校に通い、友達と喧嘩をし、笑い、泣き、先生に叱られたり励まされたり、あの『異国』の時間がなければきっと、私はまったく別の「アンドウ・ユーコ」になっていたにちがいない。

私のもとには「留学したいのですが、どうしたらいいのですか?」「ニュースキャスターになりたいのですが、留学をしなければだめなのでしょうか?」という手紙がどっさり送られてくる。「国際人にするにはやはり留学させるべきでしょうか?」という親御さんからの手紙もある。どの手紙もびっしりと、何枚にもわたって、それはそれは真剣に将来を見据え、思いあぐねている様子がひしと伝わってくる。生来の不精を日々の忙しさにかこつけて、手紙の山を横目で眺めながら「あー、いつかちゃんとアメリカ留学のことを書いてみたい」と思いつづけ、時間はどんどん過ぎていった。そんな時ある事件が起こった。一九九二年十月、ルイジアナ州バトンルージュで、ハロウィーンの仮装をした日本人留学生、服部剛丈君が射殺されるという悲劇だ。私は偶然、大統領選を取材するためにアーカンソー州（クリントン前大統領の地元）にいて、この事件の一報を聞いた。

ご存知の方も多いと思うが、ハロウィーンには、大きなかぼちゃをくりぬいて「お化けちょうちん」をつくり窓辺に飾る。子供たちはお化けや妖怪に仮装し、「トリック・オア・トリート」（お菓子をくれないならいたずらするよ）と近所をまわる。年に一度、子供たちが大手をふって「悪さ」をしたりお菓子をねだって飛びまわれる日だ。もちろん子供だけでなく、学生や大人たちも仮装パーティなどをしておおいにもりあがる。命を落とした服部君も、友達といっしょに仮装をし、近所の家に迷いこんだところ、驚いたその家の男性に銃を向けられ、「フリーズ」（動くな）と言われた。が、言葉の意味がわからなかった服部君はなおも家に近づこうとして撃たれた、という。服部君が仮装をしていたこと、「フリーズ」の意味がのみこめなかったこと、そして最大の悲劇の引き金はそこに銃があったことだった。

事件の衝撃はあまりにも大きかった。ハロウィーンを楽しむためにした仮装が相手の不審をよび、言葉の壁がそれをさらに悲劇へと追いやった。無邪気な服部君にむけられた銃口はむごすぎる。銃を撃った男性は裁判にかけられ、「正当防衛」か「過剰防衛」かで町はまっぷたつに割れた。さらに、南部という土地柄、人種差別が根底にあったのではないか、ひいては日本人そのものに対する偏見ではないかなどと、日本国内でもあらゆる議論がもちあがった。

私はアーカンソーからすぐにでもルイジアナに飛んで取材をしたいと願いでたが、大統領選も白熱した終盤をむかえていてかなわなかった。連日、地元の新聞と日本からファックスをしてもらった記事をむさぼるように読んだ。当然報道する視点はあきらかにそれぞれの立場にたったもので、地元紙には加害者を擁護するものが少なからずあったし、日本の報道は「アメリカ銃社会の悲劇」といった、銃が氾濫するアメリカそのものへの糾弾が目立った。逮捕された男性が「正当防衛」を主張していることが伝わると、日本での報道は「生活習慣のちがう留学生には危険な国、アメリカ」のような、アメリカ社会の凶暴さばかりを強調するものにエスカレート。たしかに、事あるごとに銃をぶっ放すことで落し前をつけたり、子供が銃を学校で乱射したりする事件が起こるアメリカには、凶暴と指摘されて仕方のない側面もある。誰もが簡単に銃を手にできる場所なのだ。加えて人種差別だって厳然とある。でも、それだけではけっしてないのだ。

それだけではけっしてない。そのことをどうしても伝えたいと思った。ぐずぐずと先延ばしにしていた自分の留学体験記は、だからアーカンソー州リトルロックのホテルで書き始めた。タイトルは「あの娘は英語がしゃべれない」、と最初から決めていた。二十数年間何かにつけて頭をよぎってきた言葉だから。


私が高校生の時につけていた日記帳をひっくりかえしていたら、顔から火がほとばしる一文があった。高校一年の夏、留学が決まる少しまえのことになる。いわく、

「誰も、自分を愛してくれる人のいない所に行きたい」

ヒネた文章だ。何をそんなに斜めにかまえていたのか知らないが、どうにも可愛げのないヤツだ。思えば、いつかは留学をしたい、と心に決めたのが小学校四年生。別にアメリカでもどこでもよかった。自分をとりまいている人、もの、家、そういうものすべてから逃れたい一心だった。小学四年生の心に正確には戻れないので、なぜそんなふうに思いこんだのかほんとうのところはよくわからない。家でも学校でも、いじめられたり、うとんじられていたわけでもないから、たぶん、ぼんやりと「未知なところ」に自分をおいてみたいという他力本願の変身願望だったのだろう。それがだんだん知恵がついて、「愛してくれる人がいない所」なんて、みょうにドラマチックな表現をするようになったのか。でもその前後のページを繰るとおなじような事をツラツラと書きなぐっているので、本人と

しては真剣に思いつめていた、らしい。

そもそも三人兄弟の末っ子で、まわりからいじくられる(可愛がられる)のが苦手だった。それだけでも充分にヒネているが、家とか親戚とかの集まりから逃げまわるという困ったヤツでもあった。今でもパーティが大嫌いの尻尾が残っているが、小さい子のくせに「孤独好き」というのはいささか気持ち悪い。が、高校生になっても「愛してくれる人がいない所」とか言っているのだから、その「孤独好き」癖も自分を留学へと追いやった原動力にはちがいない。

ところが行き着いた先は、子供七人の大家族。いつもその配偶者、ボーイフレンドおよびガールフレンド、元配偶者にその再婚相手やらまでが出たりはいったりの、とんでもない「大家族」で、私の「孤独好き」なんて鼻先でけちらされてしまった。朝に夕に、常に誰かが部屋のドアを蹴破って侵入してきて、あっという間に数え切れない人が集うファミリールームに連れ込まれる。独りでいたのはほんとうにトイレの時くらい。お風呂に入るときでさえ、横にはすぐ上の姉がすわりこんで話しこむという具合。いつもさざなみのようなたわいもない事件が起こっていて、誰かが騒ぎ、怒り、もらい泣きし。ともに暮らすことのうっとうしさに時には落ち込んだり、言葉が意のままにならずにもどかしい思いをしたりもしたけれど、何が起きてもかならず誰かが傍にいて、懸命にそれを解決しようと手を差しのべてくれることのあたたかさに、私ははじめて「家族」とか、人とのつながりについてしっかりと向き合うことの豊かさを知った。
だから、この留学記には私なりに感じとった広い意味での「家族」を書きたいと思った。家の名前、血縁、地縁、そういう枠をやすやすと超えたところでいろんな人たちが大きな、ゆったりとしたつながりのなかで暮らす。それが私が出会ったベイリー家の「家族」のかたちだ。

私が通っていたハートランド高校には、カウンセラーの先生がふたりいた。どちらも担当の科目をもって教えている先生で、空いている時間を使って生徒のどんな相談にものってくれる。ふたりとも専用の部屋を持っていて、ドアにはそれぞれの一日のスケジュールと空き時間が表にして張り出してある。話をしたい生徒はどちらかの先生の空き時間に自分の名前を書き込んでおく。自分の時間と先生の時間さえ合えば五分でも一時間でもかまわない。学校にカウンセラーがいるなんて、当時の日本の学校では考えられなかったから、「ユーコもなにかあったらカウンセラーのところに行くように」と言われても、自分のかかえる悩みや相談ごとはどれもとるに足らないような気がして、ずっと躊躇していた。ところが同級生たちは、お手製のクッキーやらを持ってまるでお茶を飲みにいくようにカウンセラーの部屋を訪れている。あるとき、必修になっていた「ミシガン州におけるアメリカ先住民族の歴史」という授業が自分にはついていけないことがわかった。難解な英語に加えて、ミシガン州の歴史についてほとんど何も知らない私は、教科書も授業もチンプンカンプン。意を決してカウンセラーの部屋のドアに名前を書き込んだ。その時、ふと目をやるとスケジュール表の上に大きな張り紙。

「ノック・ザ・ドア」（扉をたたきなさい）

そう書いてあった。

カウンセラーの先生はじっくりと私の話に耳を傾け、「ミシガン州の……」の時間は、受講する代わりに図書室での自習にしてくれた。これでおおいに自信をつけた私は、その後も「週に一回でいいから学校の外でボランティアをしたい」などとまたまた身勝手なお願いをしにいった。結局、近くの幼稚園で「絵本を読んであげる」ボランティアをやらせてくれた。英語がままならない留学生の私に「絵本を読ませる」というのは、豪胆というか。それでも小さな子供たちを前に絵本を読むのは私にはとても勉強になった。なにせ彼ら彼女らは「何言ってんだかぜんぜんわかんなーい」と容赦ないのだから。そしてこの頃までに、「ノック・ザ・ドア」の張り紙の意味が私にもようやくわかってきた。

「扉をたたきなさい」、でなければ何もはじまらない。扉のむこうにもしかしたら何もないかもしれないけれど、そうしたらまた別の扉をたたきなさい。何もなかったら？と怖れる不要な時間はいらない。とにかく扉をたたきなさい。そう教えてくれた。

今でも、何かにつけてひるむ時、あの張り紙が目に浮かぶ。

人と向きあうことを教えられ、自分で考えて「扉をたたく」ことも教えてもらった。アメリカはもちろんパラダイスのような場所ではないけれど、その正反対の特異な場所でもない。あたりまえに日々を暮らす、日本と何ら変わらない人間の営みがあった。それが少しだけわかった留学生活は私の心の内側をぐいっと押し広げてくれたような気がする。

集英社文庫

あの娘《こ》は英語《えいご》がしゃべれない！

2001年2月25日　第1刷
2001年6月6日　第3刷

定価はカバーに表示してあります。

著　者　安《あん》藤《どう》優《ゆう》子《こ》

発行者　谷山尚義

発行所　株式会社　集英社
東京都千代田区一ツ橋2—5—10
〒101-8050
(3230) 6095（編集）
電話　03 (3230) 6393（販売）
(3230) 6080（制作）

印　刷　株式会社 廣済堂

製　本　株式会社 廣済堂

造本には十分注意しておりますが、乱丁・落丁（本のページ順序の間違いや抜け落ち）の場合はお取り替え致します。購入された書店名を明記して小社制作部宛にお送り下さい。送料は小社負担でお取り替え致します。但し、古書店で購入したものについてはお取り替え出来ません。

ISBN4-08-747293-0 C0195

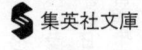